KB078329

박선우 장편소설

FUSION FANTASTIC STORY

기적의 환생

MIRACLE LIFE

기적의 환생 6

박선우 장편소설

초판 1쇄 찍은 날 § 2018년 10월 23일
초판 1쇄 펴낸 날 § 2018년 10월 30일

지은이 § 박선우
펴낸이 § 서경석

총괄팀장 § 최하나
편집책임 § 신보라

펴낸곳 § 도서출판 청어람
등록번호 § 제387-1999-000006호
등록일자 § 1999. 5. 31
어람번호 § 제1-2969호

주소 § 경기도 부천시 부일로 483번길 40 서경B/D 3F (우) 14640
전화 § 032-656-4452 팩스 § 032-656-4453
http://www.chungeoram.com
E-mail § chungeorambook@daum.net

ⓒ 박선우, 2018

ISBN 979-11-04-91857-5 04810
ISBN 979-11-04-91763-9 (세트)

박선우 장편소설

FUSION FANTASTIC STORY

기적의 환생

MIRACLE LIFE

6

도서출판 청람

기적의 환생

MIRACLE LIFE

CONTENTS

제28장
통합 타이틀전II

"전국에 계신 시청자 여러분 안녕하십니까. 오늘은 10일 앞으로 다가온 최강철 선수의 WBA 통합 타이틀 도전전에 대한 특집 방송을 보내 드리겠습니다. 정 위원님, 이제 얼마 남지 않았습니다. 정말 가슴이 두근거릴 정도로 긴장되는데요. 먼저 최강철 선수의 근황에 대해서 말씀해 주시겠습니까?"

"최강철 선수는 지금 뉴욕에 있는 레드불스에서 합숙 훈련을 하고 있습니다. 워낙 성실한 선수기 때문에 외부와 일체의 연락을 끊고 훈련에 전념하고 있는데 벌써 3개월째 맹훈련 중인 것으로 알려졌습니다."

"그건 마크 브릴랜드 선수도 마찬가지죠?"

"그렇습니다. 외신에 의하면 마크 브릴랜드 선수 역시 최강철 선수 못지않게 맹훈련 중이라고 합니다."

"마크 브릴랜드 선수는 천재형으로 알려져 있잖습니까. 그동안 시합을 앞두면서 이렇게 맹훈련을 한 적이 없다고 하던데요?"

"사실 훈련 기간이 얼마냐는 중요하지 않습니다. 선수가 얼마나 강한 의지를 가지고 훈련에 임했느냐가 중요한 것이죠. 그런 면에서 봤을 때 마크 브릴랜드 선수는 이번 경기에 모든 것을 건 것처럼 보입니다. 앵커께서 말씀하신 대로 마크 브릴랜드 선수는 화려한 아마추어 경력을 가지고 프로에 데뷔했으나 연전연승을 거두는 동안 불성실한 훈련 태도로 구설수에 많이 올랐었죠. 하지만 이번 시합을 임하면서 외신들이 깜짝 놀랄 정도로 훈련량이 많다는군요."

"아, 큰일이군요. 그만큼 브릴랜드 선수가 최강철 선수를 의식하고 있다는 뜻이겠죠?"

"그렇습니다. 최강철 선수는 현재까지 19연속 KO승을 거두고 있기 때문에 브릴랜드가 상대했던 그 어떤 도전자보다 강력한 도전자입니다. 더군다나 그는 최강철 선수에게 아마추어 시절 패배한 전력이 있기 때문에 그 어떤 때보다 투지를 불사르고 있는 것 같습니다."

"그럼 자료 화면을 보면서 이야기를 나눠볼까요?"

앵커인 김영국이 슬쩍 고개를 돌리자 화면에 마크 브릴랜드가 챔피언 타이틀을 획득했을 때 경기 장면 하이라이트가 나오기 시작했다.

KBS의 복싱 전담 앵커인 김영국은 파트너인 해설 위원 정민철과 단짝을 이뤄 수많은 경기를 중계방송한 베테랑이었다.

오늘 녹화가 끝나고 나면 이틀 후 미국으로 출발해서 위성 중계를 할 예정인데 그들의 중계방송은 MBC와 합동으로 이루어지는 것으로 계획되어 있었다.

단독으로 KBS에서 먹으려던 계획은 MBC의 강력한 반대에 부딪쳐 수포로 돌아갔지만 먼저 움직였기 때문에 공동 중계로 합의되었는데 그 덕분에 중계료를 100만 달러나 내야 했다.

현명한 선택이었다.

두 방송사가 끝까지 단독 중계를 고집했다면 ABC 놈들에게 최소 80만 달러씩은 쥐어줘야 했을 것이다.

"정 위원님. 마크 브릴랜드의 아웃복싱은 단단하고 화려한 것으로 정평이 나 있습니다. 특히 저 레프트 잽은 일품이잖습니까?"

"인파이터들에게 마크 브릴랜드의 레프트 잽은 가공할 위력이 있습니다. 거의 스트레이트의 위력이 있기 때문에 접근하기 무척 까다롭죠. 마크 브릴랜드의 아웃복싱은 저 레프트 잽에서부터 시작한다고 봐야 할 겁니다."

"확실히 무섭군요. 레프트 잽을 맞은 가리온 선수가 휘청댈 정돕니다. 결국 가리온 선수가 패배한 것은 저 레프트 잽을 이겨내지 못했기 때문이죠?"

"그렇습니다. 레프트 잽에 많이 당했어요. 하지만 가장 무서운 건 마크 브릴랜드의 스텝이 잡을 수 없을 정도로 빠르다는 겁니다. 레프트 잽을 뚫고 들어가도 뒤로 빠지면서 날카로운 반격을 하기 때문에 고전을 할 수밖에 없는 거죠."

"정 위원님이 생각하기에는 최강철 선수가 이기기 위해서는 어떤 전략을 써야 한다고 생각하십니까?"

"최강철 선수의 스피드는 정평이 나 있습니다. 그러나 마크 브릴랜드의 빠른 아웃복싱을 잡을 수 있을지는 미지수입니다. 제가 생각하기엔 결국 아웃복싱을 잡기 위해서는 인파이팅을 해야 하는데 어떤 전략을 수립했는지에 따라 결과가 달라질 것 같습니다."

"현지의 도박사들은 승률을 50 대 50으로 보고 있다면서요?"

"전문가들은 60 대 40으로 마크 브릴랜드의 우세를 점치고 있습니다. 도박사들이 백중세를 예측한 것은 아마 최강철 선수의 강렬한 인파이팅에 높은 점수를 줬기 때문인 것 같습니다. 반면에 전문가들은 마크 브릴랜드의 아웃복싱을 최강철 선수가 잡기 어렵다고 판단하면서 마크 브릴랜드의 우세를 점 치더군요."

"정 위원님은 어떻게 생각하십니까?"

"저는 최강철 선수가 이길 거라고 생각합니다. 지금까지 최 강철 선수는 항상 예상을 깨는 경기력으로 상대를 쓰러뜨려 왔습니다. 이번 경기에서도 저는 최강철 선수가 그렇게 해줄 것이라 믿습니다. 그는 허리케인입니다. 허리케인이 마술사 정 도한테 질 리는 없잖습니까!"

                *   *   *

마크 브릴랜드는 기자들을 상대하면서 거침이 없었다.

자신감.

그렇다, 자신감이 분명했다.

번들번들한 얼굴로 여유 있게 웃으며 승리를 자신하는 그 의 말투는 조금의 주저함도 담겨 있지 않았다.

"마크, 허리케인을 이기기 위한 대책을 마련했나요?"

"그런 게 필요할까요. 그 친구를 이기는 데는 이것만 있으면 됩니다."

마크 브릴랜드가 왼손을 들어 올리며 빙긋 웃었다.

레프트 잽이다. 그는 레프트 잽 하나로 충분히 잡을 수 있다는 자신감을 내비쳤다.

하지만 그의 대답에 만족할 만큼 기자들은 단순하지 않았다.

"허리케인은 당신의 레프트 잽을 아주 우습게 생각하고 있더군요. 레프트 잽 가지고는 자기를 잡을 수 없다던데요?"

"그거야 두고 보면 알겠죠. 하지만 분명한 것은 이 레프트 잽이 그놈을 반쯤 죽여놓을 거란 겁니다."

"허리케인에게는 막강한 공격력이 있습니다. 상당히 위험한 선순데 그걸 막아낼 자신이 있습니까?"

"충분합니다. 허리케인은 절대 나를 잡지 못합니다. 그동안 허리케인이 각광받은 것은 상대했던 자들이 수준 이하였기 때문입니다. 나는 그런 친구들과 격이 다른 사람입니다. 이번 경기를 보시면 그 놈의 실력이 얼마나 과대 포장 되었는지 알게 될 겁니다."

"허리케인은 5회 이내에 경기를 끝내겠다고 자신했습니다. 마크, 당신은 어떻습니까?"

"개소리요. 당신들은 곧 허리케인이 피 떡이 되어 링을 떠나는 장면을 보게 될 테니 두고 보시오."

갈수록 흥미진진하다.

경기 결과가 어떻게 나올지 모르지만 양 선수를 인터뷰할 때마다 새로운 기사거리들이 물밀듯 쏟아져 나왔다.

역대의 빅 이벤트를 통틀어 최고 수준의 신경전이다.

둘이 이미 한 번 붙어본 경험이 있었기 때문인지 기자들을 대하는 태도에서 전의가 펄펄 살아 숨 쉬었다.

그랬기에 기자들의 펜은 정신없이 움직였다.

"토머스, 지금 들어갈 거지?"

"당연하잖아. 오늘 거 내일 터뜨리려면 바빠."

"허리케인한테는 언제 갈 거야?"

"왜?"

"한 번 더 우려먹어도 되지 않겠어?"

"됐다. 이만하면 충분해. 이틀 후면 공식 기자회견이야. 그 때 커다랗게 한판 붙어줄 테니까 거기나 신경 쓰자고."

"정말 그럴까?"

"저 자식 표정 봐라. 허리케인이 앞에 있으면 당장 주먹을 날릴 기세잖아."

"하하… 그래주면 좋겠다. 경기 전에 한판 붙으면 끝내줄 텐데 말이야."

"지랄한다. 그러다 시합 못 하면 어쩔래? 바랄 걸 말해, 이 자식아!"

*　　　　　*　　　　　*

최강철은 천천히 공식 회견장에 들어섰다.

이미 회견장은 수많은 기자로 꽉 차 있었는데 마크 브릴랜드는 아직 들어오지 않은 상태였다.

번쩍거리며 터지는 플래시 불빛을 받으며 여유 있게 웃어주었다.

양복을 멋지게 받쳐 입고 나온 최강철의 얼굴은 구릿빛으로 타서 멋들어진 몸과 함께 건강미가 흘러넘치고 있었다.

의자에 앉아 잠시 기다리자 반대쪽에서 진행 요원의 안내를 받으며 마크 브릴랜드가 들어서는 게 보였다.

그를 향해 손을 들어 보였다.

이럴 때는 반갑게 맞아줘야 한다.

"어이, 마크. 오랜만이야?"

"손 치워!"

"그놈 참, 뭘 그렇게 예민하게 굴어? 우리 사이에 악수 정도는 할 수 있잖아."

"미친 자식."

자리에서 일어나 악수를 청하자 무시를 하듯 자신의 자리에 앉는 마크 브릴랜드를 보면서 최강철은 어깨를 으쓱거렸다.

사회자의 진행에 따라 기자들의 질문이 시작되었다.

그동안 워낙 날카로운 신경전이 벌어져 양측에서는 대여섯

명의 경호원을 준비해 놨기 때문에 선수들의 주변에는 검은 양복을 입은 자들이 바글거렸다.

똑같은 질문들이다.

기자들은 어떡하든 자극적인 기사를 얻기 위해선지 예민한 질문들만 골라서 해댔다.

"허리케인, 마크는 당신의 공격을 전혀 두려워하지 않는다고 하던데 어떻게 생각하십니까?"

"글쎄요, 그건 본인만의 생각이지 않겠습니까. 기자 여러분도 잘 아시겠지만 제 주먹을 맞은 선수들은 전부 쓰러졌습니다. 저는 마크가 제 주먹을 맞고 견딜 수 있을 거라 생각하지 않습니다."

"그럼 5회 이전에 끝낸다는 약속을 지킬 수 있겠군요."

"당연하죠. 마크가 도망만 다니지 않으면 충분합니다. 저 친구 턱은 유리 턱이라 예전처럼 한 방만 맞으면 쓰러질 테니까요."

"퍽 유!"

최강철이 여유 있게 대답하는 순간 반대쪽에 앉아 있던 마크 브릴랜드가 자리에서 벌떡 일어나며 욕설을 퍼부었다.

그는 최강철의 말을 더 이상 참기 어려운 듯 웃통까지 벗어 던졌는데 화가 머리끝까지 치민 것 같았다.

그런 마크 브릴랜드를 경호원들이 막았다.

그냥 내버려 두면 최강철을 향해 돌진할 기세였기 때문이다.

장내의 소란이 잠재워진 것은 마크 브릴랜드의 수석 코치인 마일스가 뛰어들어 진정시킨 후였다.

하지만 기자들이 이런 기회를 그냥 놓칠 리 없었다.

"마크, 방금 허리케인이 당신을 KO시키겠다고 공언했습니다. 당신의 생각은 어떻습니까?"

"저놈은 절대 나를 못 쓰러뜨려. 왠 줄 알아? 내가 저놈을 반 죽여놓을 거거든. 두고 봐. 저 자식이 링에서 엉금엉금 기어나가는 걸 보여줄 테니까!"

"마크, 도망이나 다니지 마, 이 자식아."

"뭐라고!"

"도망가지 말고 화끈하게 붙자고 그랬다. 네가 도망만 다니면 복싱 팬들이 얼마나 실망하겠냐? 그러니까 도망 다니지 말고 제대로 싸워. 내 말 무슨 뜻인지 알지? 쪽팔리게 도망 다니면서 점수로 어찌해 보겠다는 생각하지 말란 뜻이야."

"야, 이 냄새나는 동양 놈아. 너 거기서 꼼짝하지 마. 죽여줄 테니까!"

간신히 진정되었던 기자회견장은 마크 브릴랜드가 다시 자리를 박차고 일어섰기 때문에 다시 엉망으로 변했다.

하지만 기자들에게는 그것이 특종이다.

카메라 플래시가 정신없이 터졌고 방송국에서 나온 놈들은 마이크를 들고 양 선수의 행동을 중계방송하면서 목이 터져라 외쳐대고 있었다.

　　　　　*　　　　　*　　　　　*

　"그 새끼 의외로 재밌네요?"

　"뭐가?"

　"아주 지능적입니다. 나름 프로에 들어와서 잘나가더니 멘탈이 꽤 좋아졌어요."

　"그렇게 흥분했는데도?"

　"그건 기 싸움 정도로 생각하면 될 겁니다. 놈은 자신의 복싱 스타일이 인기 없다는 걸 잘 알아요. 그래서 더 와일드하게 보이고 싶었던 것 같아요."

　"별로 성과가 없었다는 뜻으로 들리는구나."

　"그렇죠, 뭐. 어차피 이 정도로 놈을 자극해서 이득을 보려고 생각하지 않았어요. 하지만 한 가지는 확실하게 알겠더군요."

　"뭐냐?"

　"놈이 준비한 게 아웃복싱만은 아니란 겁니다."

　최강철이 웃으며 말하자 윤성호와 이성일이 두 눈을 까뒤집었다.

어디서 그런 정보를 얻었단 말인가. 아무리 생각해도 최강철이 얻은 정보를 그들은 캐치할 수 없었다.

"왜 그런 생각을 했지?"

"아웃복싱만 해서 나를 반쯤 죽여놓겠다는 말을 할 수 없어요. 그건 다른 뭔가가 있단 뜻입니다."

"그냥 해본 말일 수도 있잖아."

"야수의 특징이 뭔 줄 아세요? 바로 냄새를 잘 맡는다는 겁니다."

"그래서?"

"함정을 파고 기다려야죠. 놈이 준비한 걸 일찍 꺼내 들도록 말입니다."

"휴우, 어렵다, 어려워."

"너무 걱정하지 마십시오. 우리가 언제 상대의 전술을 다 알고 싸웠습니까."

"인마, 넌 걱정도 안 되냐? 우린 준비한 게 별로 없어. 이런 시합은 처음이란 말이다. 가장 중요한 순간에 제대로 된 전략조차 만들지 못하다니 정말 한심하구만."

"그놈도 마찬가지 아니겠어요? 내 스타일은 카멜레온처럼 변할 수 있습니다. 놈이 어떤 식으로 나와도 대처가 가능하니까 상관없어요. 그리고 성일이가 준비한 게 있잖습니까. 나는 그게 마음에 들더군요."

"그것만 가지고는 부족해."

"복싱은 수많은 변수에 따라 움직인다고 관장님이 말씀하셨잖아요. 어쩌면 우린 전략을 만들지 않은 게 더 잘된 건지도 모릅니다. 준비한 전략이 깨지면 더욱 곤란한 상황이 만들어질 수 있으니까요. 이제 이틀 남았습니다. 아니죠, 오늘이다 지나갔으니 하루 남았군요."

"그래, 이미 패는 던져졌으니 가보자. 난 언제나 널 믿어왔고 지금 이 순간도 너를 믿는다."

"관장님, 우린 이 순간을 6년이나 기다려 왔습니다. 그놈이 뭘 준비했든 상관없어요. 총을 꺼내면 대포로 깔아뭉개고 칼을 준비했으면 장창으로 찔러서 박살을 낼 테니 염려 마세요. 우리가 이깁니다. 반드시!"

*　　　　　*　　　　　*

"와우, 이게 무슨 난리야. 도대체 몇 나라에서 온 건지 모르겠네."

"18개국에서 중계방송한다네요. 최강철이 인물은 인물인 모양입니다."

"허어, 일본도 왔구만. 저거 구시켄이잖아?"

"그렇군요."

KBS의 복싱 앵커 김영국이 놀란 얼굴로 반대쪽에 중계석을 설치하는 사람들을 보며 입을 떠억 벌렸다.

해설 위원인 정민철의 말대로 콧수염을 기른 구시켄 요코가 보였기 때문이다.

그는 일본의 복싱 영웅으로 라이트 플라이급에서 13차 방어전을 성공시킬 때까지 무적을 구가했던 사람이었다.

지금은 NHK에서 해설 위원으로 활동하고 있었는데 아직도 일본인들에게는 엄청난 인기를 얻고 있었다.

많다.

18개국에서 동시에 위성 생중계를 하기 때문인지 시합을 하루 앞둔 시저 팰리스호텔 특설 링 주변에는 각국에서 날아온 중계진들이 준비를 하기 위해 북적이고 있었는데, 스태프진까지 포함됐기 때문에 100여 명이 훌쩍 넘어 보였다.

김영국이 몸을 경직시키며 정민철의 소매를 슬쩍 잡아당긴 것은 구시켄 요코가 그들이 있는 쪽으로 다가왔기 때문이다.

"안녕하세요. 한국에서 오신 분들이죠?"

"그렇습니다."

"저는 구시켄 요코입니다. 몇 가지 물어볼게 있어서 왔는데요. 잠시 시간 내주실 수 있을까요?"

"일본의 복싱 영웅을 이렇게 뵙게 되어 반갑습니다. 그런데 무슨 일로……?"

"오늘 제가 중계방송의 해설을 맡게 되었습니다. 그래서 허리케인과 관련한 일들을 알고 싶은 게 있어서요."

"아시겠지만 최강철 선수는 미국에서 활동하고 있기 때문에 최근 근황에 대해서는 자세하게 알지 못합니다. 그래도 괜찮으시다면 앉아서 이야기하시죠."

김영국이 빈자리로 그를 안내한 후 정민철과 함께 의자에 앉았다.

구시켄 요코가 입은 연 것은 김영국이 탁자에 있는 음료수를 전해주었을 때였다.

"먼저 축하드립니다."

"뭘 말입니까?"

"한국에서 허리케인 같은 슈퍼스타가 나왔는데 당연히 축하해 드려야죠. 제가 봤을 때 허리케인은 백 년에 한 번 나올까 말까 한 선숩니다. 이런 선수를 배출했으니 한국 사람들은 충분히 자랑스러워해도 됩니다."

"구시켄, 당신은 일본에서 복싱 영웅으로 우상시되는 분입니다. 그런 분이 허리케인을 그리 높게 평가해 주니 당황스럽군요."

"하하… 별말씀을. 허리케인은 저와 수준이 다른 선수입니다."

구시켄 요코가 웃으며 말하자 김영국의 손이 빠르게 움직이며 촬영 기자를 향했다.

이것도 특종이다.

일본의 복싱 영웅이 자진해서 중계석까지 온 것도 의외의 일인데 최강철을 극찬하고 있으니 충분히 특종으로 다룰 수 있는 내용이었다.

"죄송하지만 구시켄, 우리는 당신과 대화하는 내용을 카메라에 담고 싶습니다. 그래도 되겠습니까?"

"괜찮습니다. 저희들도 그럴 생각이었으니까요."

구시켄이 기다렸다는 듯 손짓하자 일본 쪽에서도 몇 사람이 다가오더니 카메라를 움직이기 시작했다.

그걸 본 김영국이 작정을 한 듯 입을 열었다.

"이렇게 하시죠. 구시켄, 당신이 허리케인에 대해서 궁금한 걸 묻는다고 했으니 대담 방식으로 이야기를 나누는 게 어떻겠습니까. 사실 우리도 일본의 반응이 궁금했거든요."

"그렇게 합시다. 저야 아무런 상관이 없습니다."

"그럼 시작해 볼까요?"

"먼저 허리케인이 미국으로 건너오게 된 배경이 궁금합니다. 그는 왜 먼 미국까지 와서 선수 생활을 시작했죠? 제가 알기로 그는 세계 선수권대회와 아시안게임까지 제패했기 때문에 탄탄대로의 복싱 인생을 시작할 수 있었을 텐데요?"

"한국에서 말하는 거죠?"

"그렇습니다."

"저희가 아는 바로는 돈 킹이 이끄는 더 럼블이 아시안게임에서 최강철 선수가 히로키를 KO시키고 금메달을 딴 후 스카우트한 걸로 알고 있습니다. 돈 킹은 거액을 주고 최강철 선수를 미국으로 데려갔다더군요."

"그건 저도 들었습니다. 스카우트 비용이 백만 달러라면서요. 하지만 허리케인 정도의 선수를 한국에서 놓친 것이 이해가 되지 않습니다. 아마추어 대회를 모두 석권한 허리케인 정도라면 잡아야 되는 거 아닌가요?"

"한국의 프로모터들은 영세합니다. 일본보다 훨씬 열악한 상태죠. 그렇기 때문에 최강철 선수를 잡지 못한 걸로 압니다. 하지만 더 큰 이유는 최강철 선수가 미국으로 넘어가기를 강력하게 희망했기 때문입니다. 그는 미국에서 강한 선수들과 싸워야 단기간 내에 뛰어난 선수로 성장할 수 있다고 판단한 것입니다."

"저희가 들은 정보에 의하면 허리케인이 서울대생이라고 들었습니다. 맞는지 확인해 주실 수 있겠습니까?"

"맞습니다. 그는……."

구시켄의 질문은 계속되었고 김영국과 정민철은 번갈아가며 대답을 해주었다.

많은 걸 물었다.

최근에 노출되어 화제가 되었던 최강철의 학교 문제는 물론이고 가족 관계와 한국 국민들의 반응 등 여러 가지 질문이 이어졌다.

김영국이 반대로 질문을 시작한 것은 그의 궁금증을 어느 정도 해소시켜 준 다음부터였다.

"구시켄, 일본은 한국 선수의 중계방송을 하지 않는 걸로 유명한데요. 이번에 미국까지 날아온 이유는 뭔가요?"

"이 시합은 그만한 가치가 있기 때문입니다. 일본이 한국 선수의 중계방송을 하지 않았던 것은 정치적인 문제나 양국 관계로 인해서가 아니라 생중계를 할 정도로 훌륭한 선수가 없기 때문이었죠. 그건 한국 측도 마찬가지 아니겠습니까?"

"그 말씀은 최강철 선수가 그만큼 뛰어나다는 걸 의미하는 것이겠군요?"

"처음에 말씀드린 것처럼 그는 백 년에 한 번 나올까 말까 할 정도로 대단한 선숩니다. 동양인으로서 웰터급을 제패한다는 것은 거의 불가능에 가까운 일이죠. 하지만 허리케인은 무패를 기록하며 승리를 거듭하고 있습니다. 정말 대단한 일입니다."

"구시켄이 봤을 때 이번 경기는 어떨 것 같습니까. 미국의 전문가들은 마크 브릴랜드의 우세를 점치던데요?"

"복싱 경기는 수많은 변수가 존재합니다. 미국 전문가들의 예상은 기술적인 부분을 중심으로 판단했기 때문에 마크 브릴랜드의 아웃복싱에 점수를 더 준 것이죠. 하지만 저는 그 예측에 동의하지 않습니다. 허리케인은 불사조와 같은 친굽니다. 그의 경기를 보면서 한국인 특유의 강렬한 투지와 에너지가 무섭도록 강하다는 것을 여러 번 느꼈습니다. 그는 전사입니다. 링에 오를 때마다 괴력을 발휘해 왔으니 이번에도 저는 그가 이길 것이라고 생각합니다."

"고마운 말씀입니다. 최근 일본에서도 웰터급에 무서운 선수가 등장했다고 들었습니다. 잠깐 소개해 주시겠습니까?"

"호랑이 엔도를 말하는군요. 엔도 선수는 3년 전에 혜성처럼 등장해서 현재 12전 12KO승을 기록하고 있습니다. 저번 달에 동급 동양 챔피언을 롱런했던 곤죠 선수를 KO로 꺾고 타이틀을 획득하면서 WBA 9위에 랭크되었습니다."

"상당한 강펀치의 소유자인 모양이군요."

"칼날 같은 펀치를 가지고 있습니다. 더군다나 뛰어난 테크닉까지 가지고 있어 당분간 동양권에서는 그를 꺾을 만한 선수가 없을 것 같습니다."

"최강철 선수와 비교하면 어떻습니까?"

"아직은 어렵죠. 하지만 엔도는 허리케인과 비슷한 유형의 선수입니다. 강철 같은 투지를 가졌고 경기 스타일도 비슷합니다. 당장은 아니라도 시간이 조금 흐르면 좋은 상대가 될 것이라 생각합니다."

*   *   *

빅 이벤트.

복싱에서는 매달 세계 타이틀전이 벌어지지만 빅 이벤트라고 불리는 경기는 1년에 한 번 있을까 말까하다.

최강철과 마크 브릴랜드의 경기가 빅 이벤트로 분류된 것은 당연한 일이었다.

최초의 WBA, IBF 통합 타이틀전이었고 최강철의 불꽃같은 인파이팅은 미국에서 엄청난 팬층을 형성하고 있었기 때문인데 상대가 인파이터의 천적인 링의 마술사 아웃복싱의 천재인 마크 브릴랜드라는 것이 사람들을 열광 속에 빠뜨려 버렸다.

미국의 3대 방송사가 이 경기를 중계하기 위해 치열한 각축전을 벌였고 18개국에서 직접 위성중계할 정도였으니 얼마나 커다란 관심 속에서 치러지는지 충분히 짐작이 갔다.

세계 각국에서는 이 경기에 대한 특집 방송까지 편성하면서 시합 결과를 예측했고 미국에서는 도박사들이 역대 가장 큰 배팅을 할 정도로 뜨거운 관심을 보이고 있었다.

하지만 한국의 열기에 비하면 다른 나라의 반응은 아무것도 아니었다.

시합 당일이 되자 한국의 도로가 텅 비었다.

거리에는 사람들이 보이지 않았고 도로에는 버스만 간간히 보일 뿐 차량의 흐름이 완전히 끊겨 버렸다.

* * *

"일단 술부터 마시자."

"왜?"

"심장이 벌렁거려서 맨 정신으로는 도저히 못 보겠어. 우리 소주 한 병씩만 까자."

"좋은 생각이시고."

꽃다방으로 향하던 김영호와 류광일이 이제 막 문을 연 슈퍼로 들어가 소주를 들어 올렸다.

그런 후 계산을 한 후 이빨로 뚜껑을 따고 벌컥벌컥 마시기 시작했다.

현재 시간 7시 30분.

꽃다방은 8시에 문을 열기 때문에 아직 30분의 여유가 있었고 중계방송은 9시부터 시작되지만 본경기는 10시 30분으로 예정되어 있어 각자 주머니에 소주를 한 병씩 더 챘다.

회희낙락거리며 거리를 걸었다.

저번처럼 가장 앞자리에서 보기 위해 다른 놈들이 예상하지 못할 시간에 서둘러 나왔으니 그들이 표정에는 여유가 흘러넘쳤다.

하지만 꽃다방 앞에 도착한 그들의 표정이 단박에 시커멓게 죽었다.

아니, 뭐 이런 개 같은 경우가…….

꽃다방 앞이 사람들로 가득 차 있었다.

대충 세어보아도 30명이 훌쩍 넘었는데 이것들이 어느새 줄까지 서서 입장을 기다리고 있었던 것이다.

서로의 눈을 확인한 후 미친놈들처럼 달렸다.

꽃다방의 정원은 50명이었으니 자칫 잘못했다가는 입장조차 어려울지도 모른다.

"헉, 헉! 광일아, 세어봐. 몇 놈인지."

"씨발, 겨우 들어가겠네. 잘못하면 일어나서 봐야겠다…….'

불과 30m 정도를 뛰었는데도 술을 마셔서 그런가 호흡이 가빠와 제대로 말을 잇기 어려웠다.

뭐가 그렇게 웃겨.

이미 줄을 서 있던 놈들이 그들을 바라보며 싱글싱글 웃고 있었다.

하아, 이 자식들. 생각하는 게 똑같다.

허리에 하나씩 꽂혀 있는 소주병이 여러 놈한테서 보였는데 오늘 아주 작정을 하고 나온 게 분명했다.

최강철은 아침 일찍 눈을 뜨고 일어나 커튼을 열어젖혔다.

사막에서 떠오른 태양이 눈부시게 쏟아져 들어오며 어둠에 잠겨 있던 방 안을 환하게 밝혀주었다.

눈이 부셨으나 창가에 서서 새까맣게 깔려 있는 건물들을 내려다봤다.

인간의 힘은 어디까지가 한계일까?

라스베이거스는 모래로 덮여 있던 불모의 땅이었으나 인간들은 수많은 건물을 빽빽하게 지어놓은 채 이곳을 천국이라 부르고 있었다.

시계를 보자 아침 6시를 가리키는 중이었다.

평소보다 일찍 눈을 떴다.

긴장, 흥분, 두려움. 그중에 자신의 잠을 설치게 만든 것이 있나 생각해 봤지만 거기엔 정답이 없었다.

정답은 바로 즐거움이었다.

강력한 적과 도망칠 수조차 없는 사각의 링에서 원 없이 싸운다는 즐거움 말이다.

바로 오늘.

최강철은 침대 옆에 놓여 있던 물병을 들어 한 모금 마신 후 체육복을 걸친 채 방을 나섰다.

이 시간은 라스베이거스에서 가장 사람이 없을 시간이었다.

밤새도록 도박에 빠져 있던 사람들도 새벽 6시엔 녹초가 되고 여행객들은 전부 잠에 빠져 있기 때문에 거리에서 사람 구경하기 힘들 시간이다.

엘리베이터를 타고 호텔을 빠져나와 달렸다.

아침의 상쾌한 공기를 마시며 오늘 벌어질 경기에 대해서 차분하게 생각하고 싶었다.

무리는 하지 않았다.

인적이 끊어진 로드를 가볍게 뛰면서 호텔 주변을 세 바퀴 돌았을 뿐이다.

마크 브릴랜드.

지금까지 상대했던 자들 중에서 가장 강한 놈임은 분명했다.

인상적이었던 그의 레프트 잽을 생생하게 기억하고 있었다. 루시퍼에게 최강의 운동신경과 체력을 선물 받았으나 세상에는 인간의 범주를 뛰어넘는 능력을 가진 자들이 종종 있었다.

마크 브릴랜드의 스피드가 바로 그런 것이었다.

완벽하게 피했다고 생각했음에도 귓가를 스쳐 지나가던 그의 레프트 잽과 스트레이트의 위력은 면도날처럼 예리했다.

그럼에도 아무런 두려움이 느껴지지 않은 건 자신의 가슴 속에 들어 있는 심장이 강철로 만들어져 있기 때문이다.

전략이 없다는 게 그를 더욱 즐겁게 만들고 있었다.

전략이 없다는 건 자신이 가지고 있는 모든 능력을 이 한 판 승부에 모두 쏟아부을 수 있다는 것을 의미했으니 어찌 즐겁지 않겠는가.

한 가지 걱정이 있다면 서지영과의 약속을 지키지 못할 것 같다는 불안감이었다.

많이 맞지 않겠다고 약속했지만 장담하기 어려웠다.

이 경기는 맞지 않고는 끝장을 낼 수 없으니 시퍼렇게 부은 얼굴을 가라앉히기 위해서는 계란 한 판 이상이 필요할지 모른다.

*   *   *

시저 팰리스호텔 특설 링에 화려한 조명이 켜지자 사람들의 심장이 뜨거워지기 시작했다.

오후 일찍부터 몰려들기 시작한 사람들은 속속들이 입장을 했는데 전부 상기된 표정을 짓고 있었다.

시저 팰리스호텔 특설 링은 20,000명의 관객을 유치할 수 있는 규모였으나 일반인들에게 판매된 건 10,000장뿐이었다.

스폰을 위해 참여한 기업들이 입장권의 절반을 통째로 쓸어갔기 때문이다.

워낙 관심이 가는 빅 이벤트였기 때문에 대기업들은 이번 경기를 자신들의 고객을 초청하는 절호의 기회로 삼았다.

영업 활동으로 이보다 더 좋은 기회는 없다.

고객들에게 소중한 추억을 만들어준다면 자신들에게 더없이 커다란 도움이 될 테니 기업들이 안달을 부리는 것은 당연했다.

마치 아름다운 정원을 보는 것 같았다.

화려한 조명이 들어온 특설 링은 오색 빛으로 물들어 달빛에 잠긴 호수처럼 아름다웠다.

"정말, 대단하군요."

"내 평생에 이런 곳에서 해설을 하게 될 줄이야… 더군다나 최강철의 경기를 말이야. 난 내일 당장 죽어도 여한이 없을 것 같아."

"정신이 없어서 중계나 제대로 할지 모르겠어요. 2만 명이 꽉 찬 것 같은데요."

"MBC 애들이 중계하러 갔다 와서 거품을 물었던 이유를 이제야 알겠어."

"톱스타들이 셀 수도 없이 들어왔어요. 할리우드 스타들이다 나온 것 같습니다. 이건 뭐, 시상식에 온 기분인데요."

"배우들만 온 게 아니야. 가수들도 왔고 저길 봐. 알리하고 헌즈도 보이잖아. 농구 황제 조던도 왔구만."

김영국과 정민철이 특설 링을 가득 채운 관중들을 보면서 입을 다물지 못했다.

국내에서는 가장 커다란 장충체육관에서 경기를 해도 기껏 5천 명조차 수용하지 못했는데 특설 링이 설치된 가든에 2만 명이나 되는 사람이 가득 차자 꼭 인간들의 바다를 보는 것처럼 느껴졌다.

더군다나 영화나 화면에서 봤던 스타들이 수시로 카메라에 잡혔기 때문에 현실인지 꿈인지 분간이 가지 않았다.

"이제 한 게임만 끝나면 드디어 시작되는군."

"그런데 이놈들 방송 기술이 뛰어난데요. 이걸 중계하기 위해서 카메라를 20대는 동원한 것 같습니다."

김영국은 ESPN이 송출하고 있는 화면을 보면서 혀를 내둘렀다.

한국에서 쉽게 접근할 수 없는 방송 기법이 여러 군데서 보였는데 가장 뛰어난 것은 다수의 카메라를 설치해서 전 방위적으로 경기 장면을 세세하게 잡는 것이었다.

자막의 기술도 뛰어나 양쪽 선수에 대한 프로필과 함께 주요 장면의 하이라이트, 그리고 주 무기가 무엇인지를 자세하게 소개하고 있었다.

"휴우, 숨 막혀."

"떨리시죠. 저도 그렇습니다."

"이런 경기 한 번만 더 중계했다가는 생명이 10년은 단축되겠어. 피디 사인이 들어오는구만. 시작할 시간인 모양이야."

그의 말대로 약속된 시간이 되었는지 담당 PD가 큰 원을 부지런히 돌리고 있었다.

이번 경기는 마지막 오픈게임부터 중계하기로 계획되어 있었기 때문에 잡담할 시간이 더 이상 없었다.

벌써 2시간 전부터 들어와 있었으나 시간은 정신없이 지나갔다.

그러나 그 시간은 중계가 시작되자 더 빠르게 흘렀다.

세계 랭킹전으로 벌어진 페더급 경기가 박진감 있는 난타전으로 진행되었기에 더욱 그랬다.

그들의 표정이 붉어지기 시작한 것은 오픈게임이 끝나고 대기실에서 준비하고 있는 최강철의 모습이 화면에 잡혔을 때부터였다.

"고국에 계신 시청자 여러분, 최강철 선수의 모습이 화면에 잡히고 있습니다. 대기실에서 가볍게 몸을 풀고 있는 모습입니다. 컨디션이 좋아 보입니다. 정 위원님, 최강철 선수의 몸이 구릿빛으로 물들어 있군요. 훈련량이 그만큼 많았다는 뜻이겠죠?"

"다른 경기 때와 다른 모습입니다. 굉장히 단단해 보입니다. 저 복근을 보십시오. 근육이 차돌처럼 배어 있지 않습니까. 저런 근육은 단순하게 헬스를 해서 얻어지는 게 아닙니다. 아마 최강철 선수는 엄청난 훈련량을 가졌던 것으로 판단됩니다."

"아, 마크 브릴랜드 선수의 모습도 잡히고 있습니다. 마크 브릴랜드 선수 무표정한 표정으로 여유 있게 섀도복싱을 하고 있습니다. 상당히 몸이 가볍게 보입니다."

"그렇군요. 마크 브릴랜드 선수의 컨디션도 나빠 보이지 않습니다."

"이제 곧 최강철 선수의 경기가 벌어질 예정입니다. 고국에 계신 시청자 여러분, 잠시만 기다려 주십시오. 광고 보고 금방 다시 돌아오겠습니다."

                *   *   *

대기실의 분위기는 무거웠다.

윤성호와 이성일의 표정은 긴장으로 잔뜩 굳어져 있었는데 오픈게임이 모두 끝나자 금방이라도 쓰러질 것처럼 하얗게 변해갔다.

그렇기에 가볍게 몸을 풀고 있던 최강철의 얼굴이 일그러졌다.

　"아니, 무슨 코치들이 이 모양이야. 지금 송장 치우러 가는 겁니까? 얼굴 좀 풀어요!"

　"우리 긴장 안 했다. 네가 잘못 본 거야."

　"관장님, 우리 솔직하게 말해봅시다. 혹시 내가 질까 봐 무섭습니까?"

　"묻지 마. 거짓말하기 싫어."

　"하아, 정말 미치겠네. 그래서 인혜 누나는 어떻게 꼬셨대? 이럴 때는 말입니다. 무조건 아니라고 우기는 겁니다. 그래야 선수 사기가 올라갈 거 아닙니까."

　"야, 솔직히 겁나는 걸 어떡해."

　"참, 내 기가 막혀서. 가서 오줌이나 싸고 와요. 벌써 화장실 갔다 온 지 30분이 넘었잖아요."

　"응. 갔다 올게."

　"같이 갔다 와요."

　최강철이 인상을 쓰자 윤성호가 자리에서 일어나는 순간 옆에 있던 이성일도 따라나섰다.

　아이고, 이 화상들. 긴장하긴 무지하게 긴장한 모양이다.

　웃음이 나왔다.

　윤성호도 이성일도 긴장하는 건 당연했다.

자신은 IBF 타이틀을 지녔지만 진정한 챔피언이 되었다고 생각한 적이 한 번도 없었다.

그건 윤성호도 이성일도 마찬가지였다.

챔피언의 꿈이 실현되는 순간이다. 그토록 간절하게 원하던 챔피언의 꿈이 말이다.

진행 요원이 들어온 건 화장실에 갔던 윤성호와 이성일이 사이좋게 나란히 대기실에 들어와 밴딩 작업을 재점검하고 있을 때였다.

천천히 검은색 가운을 입고 태극기가 그려진 머리띠를 이마에 둘렀다.

처음이다. 하지만 오래전부터 해온 것처럼 익숙해서 이질감은 전혀 들지 않았다.

호흡을 길게 뿜어낸 후 대기실의 문을 열고 걸어 나가기 시작했다.

따라붙는 카메라들.

그들은 필사적으로 걸어가는 최강철을 따라잡았는데 전쟁터에 나가는 전사를 배웅하는 것과 비슷한 치열함이 담겨 있었다.

복도를 벗어나 경기장으로 들어서자 거대한 함성이 터져 나왔다.

그를 환영하는 관중들의 반가움은 이전보다 훨씬 더 커져 있었다.

*　　　　　*　　　　　*

　"아이고, 씨발. 우리 깡철이 이마빡에 태극기를 둘렀네."

　"태극기를 두른 건 처음이지?"

　"응, 아무래도 진짜 챔피언전이라 그런 모양이다. 태극기를 머리에 두르고 나온 건 국가의 명예를 걸고 싸우겠다는 뜻 아니겠어?"

　"장하다, 최강철. 미국에 가서 복싱을 했어도 깡철이는 한국 사람 맞지. 그래서 우리가 이렇게 응원하는 거잖아. 깡철이, 화이팅!"

　벌써 주머니에 들고 온 소주를 반이나 마신 김영호가 소리를 버럭 지르자 꽃다방 조직원들이 동시에 고함을 지르며 화이팅을 외쳤다.

　그들은 최강철이 두르고 나온 태극기를 본 순간 주먹을 불끈 쥐었는데 링 위로 올라서자 자리에서 전부 일어나 그를 맞아들였다.

　"야, 너 소주 남았냐?"

　"니 거 마셔, 인마."

　"내 건 다 마셨어. 속 타서 그래. 조금만 줘봐."

"이 자식아, 귀한 거야. 조금만 마셔."

텔레비전에서 시선을 떼지 못한 류광일이 소주병을 넘겨주자 김영호가 잽싸게 받아 들고 벌컥벌컥 들이마셨다.

최고조의 긴장이다.

링에서는 최강철이 가운을 벗은 후 양쪽 어깨를 풀면서 껑충껑충 뛰고 있었는데 아직도 태극기가 그려진 두건은 풀지 않고 있었다.

"깡철아, 이 자식아. 꼭 이겨야 한다. 부탁한다, 허리케인!"

*   *   *

최강철은 천천히 링을 누비며 몸을 풀었다.

관중들의 함성은 끝없이 이어지고 있었는데 함성 소리에 조급함이 담겨 있었다.

다시 터지는 함성 소리에 최강철의 눈이 벽에 설치되어 있는 대형 스크린으로 향했다.

반대쪽에서 걸어 나오는 마크 브릴랜드의 주변에는 10여 명의 스태프가 철통같은 방어선을 형성한 채 황제를 호위하듯 전진하고 있었다.

최강철의 입장과는 확연하게 대비될 정도로 거창한 행렬이었다.

바보 같은 자식. 챔피언의 위용은 그런 것에서 나오는 게 아니야. 어디서 겉멋만 잔뜩 들어가지고 폼을 잡아!

그런 생각을 하자 피식 웃음이 배어 나왔다.

그게 링 위로 올라선 마크 브릴랜드의 눈에는 비웃음으로 보였던 모양이다.

저 새끼.

글러브에 가려져 보이지 않았지만 저놈 반응으로 봐서는 분명 가운뎃손가락이 올라와 있을 것 같았다.

양 선수가 링에 올라오자 식전 행사가 시작되었다.

"관장님, 긴장 좀 풀렸습니까?"

"오줌 쌌더니 조금 나아졌다."

"저 자식, 여전히 턱이 약할 겁니다. 어쩔까요. 바로 끝낼까요, 아니면 몰고 다니다가 천천히 끝낼까요?"

"넌 정말 나한테 이러고 싶냐. 나를 놀리는 게 그리도 즐겁냐?"

"그럼요. 관장님하고 농담하면 긴장이 자연스럽게 풀리거든요. 그런 면에서 봤을 때 관장님은 정말 세계 최고의 코치십니다."

"이번 경기는 너한테 맡긴다. 바로 끝내든 천천히 끝내든 알아서 해. 하지만 분명히 알아둘 게 있어. 들어갈 땐 확실하게 파고 들어가야 해. 섣불리 거리를 두면 당한다. 알고 있지?"

"거리는 말이죠, 저놈이 걱정할 일입니다. 캔버스에 쓰러지지 않기 위해 몸부림쳐야 되는 건 저놈이니까요."

"옛날 생각하면 안 돼. 최대한 신중하게 접근해."

"알겠습니다. 그런데 관장님, 인혜 누나 애 가졌어요?"

"이 자식이, 그건 또 무슨 개소리야!"

"지영 씨가 화장실에서 봤는데 입덧 같은 거 한다고 그러던데요?"

"너… 그거 정말이야?"

"당연히 거짓말이죠, 크크크……."

윤성호의 손이 자동적으로 올라갔다.

그는 얼마나 당황했는지 이곳이 전 세계가 지켜보는 경기장이란 것마저 잊은 것 같았다.

최강철은 장내 아나운서의 소개가 끝나자 링의 중앙으로 걸어가 당당하게 손을 번쩍 들어 승리를 확신한 후 코너로 돌아왔다.

링의 마술사 어쩌고 하며 마크 브릴랜드의 소개가 울려 퍼졌으나 귀에 담지 않았다.

그 역시 복싱 전문가들의 평가에 대해서 알고 있었다.

마크 브릴랜드의 빠른 아웃복싱을 그가 파괴하기 쉽지 않을 것이란 예상이었다.

그럼에도 수많은 인터뷰를 하는 동안 똑같은 질문을 기자들로부터 받았으나 그저 웃어주었을 뿐이다.

평가는 평가에 지나지 않는다.

지금까지 링에 서서 싸울 때 한 번도 전력을 다해 뛰어본 적이 없다.

복싱은 스텝과 펀치의 균형 속에서 이루어지는 것이지 달리기가 아니기 때문이다.

더군다나 그의 허리케인 스타일은 인파이팅이기 때문에 상대를 압박하면서 펀치를 날리는 경우가 대부분이었다.

그랬기에 스텝의 빠르기보다 펀치의 스피드가 더 부각될 수밖에 없었다.

전문가들의 예상도 거기에서 기인된 것이다.

펀치 스피드가 비슷했음에도 복싱 전문가들은 아웃복싱을 전문으로 한 마크 브릴랜드의 빠른 스텝으로 인해 그런 평가를 내렸던 게 분명했다.

이래서 세상은 재밌다.

양 선수의 소개가 끝나자 경기장에 긴장감이 안개처럼 자욱하게 깔리기 시작했다.

이제 레프리가 양 선수를 부르는 순간 거대한 전쟁이 서막을 올리기 때문이었다.

"마크, 우리 경기 끝나면 친하게 지내자."

"으……."

"우리가 원수 사이는 아니잖아. 벌써 두 번이나 싸우는데 이것도 인연 아니겠냐? 나중에 내가 술 한잔 살게."

"미친 자식!"

최강철이 인상을 쓰는 마크 브릴랜드의 글러브를 툭 치는 순간 레프리의 주의 사항이 끝났다.

잠시 코너로 돌아왔던 최강철이 마우스피스를 물려주는 윤성호를 향해 웃음을 보였다.

"관장님, 시합 끝나면 성일이 저 자식 좀 막아줘요. 저놈 대가리가 하도 딱딱해서 목말 태우면 아프단 말입니다."

"이기기만 해. 그러면 성일이 대가리는 내가 책임질게."

윤성호는 이제 최강철의 농담을 스스럼없이 받아들였다.

어차피 지금 이 순간, 믿을 건 최강철뿐이다.

그리고 최강철은 언제나 믿음을 배신한 적이 없으니 그의 농담조차 승리에 대한 투지로 느껴졌다.

때앵!

전쟁이 시작되었음을 알리는 공 소리.

공 소리가 울리자 최강철은 성큼성큼 링의 중앙으로 나가 주먹을 들어 올려 마크 브릴랜드의 글러브를 슬쩍 터치한 후 뒤로 한 발자국 물러났다.

하지만 물러선 것은 한 발자국이었고 전진해 들어간 것은 두 발자국이다.

위잉!

기선 제압.

갑자기 파고든 최강철의 라이트 훅이 번개처럼 마크 브릴랜드의 왼쪽 관자놀이를 향해 날아갔다.

맞으라고 던진 건 아니다.

이미 자신의 스텝을 확인하고 뒤로 빠졌기 때문에 이렇게 큰 주먹이 정확하게 들어갈 리는 만무했다.

그럼에도 마크 브릴랜드는 불에 덴 것처럼 급히 후퇴하면서 자세를 추슬렀다.

최강철이 던진 라이트 훅의 위력이 워낙 강했기 때문에 놈의 눈은 급격하게 커져있었다.

쉬익, 쉬익.

뒤로 물러섰던 마크 브릴랜드의 전매특허가 터지기 시작했다.

빠르다. 그리고 너무 날카로워 창으로 찌르는 것 같은 레프트 잽이었다.

최강철은 더킹과 위빙을 시도하면서 피했으나 놈의 잽은 계속해서 안면을 스쳐 지나갔다.

위협적인 공격.

잽을 피한 후 접근하면 사이드로 돌면서 지체 없이 좌우 스트레이트가 터져 나와 최강철의 전신에 작렬했다.

눈에 보이지도 않을 정도로 빠른 펀치들이었다.

본능에 자신을 맡긴 채 온몸의 세포를 곤두세웠다.

막상 부딪쳐 보자 예전에 봤을 때보다 훨씬 진화되어 마치 허깨비와 상대하는 것 같았다.

놈에게 왜 링의 마술사란 별명이 붙었는지 이해가 되었다.

번쩍번쩍.

사라졌다 나타난다. 그냥 사라지는 것도, 그냥 나타나는 것도 아니다.

최강철의 시선에 잡혔을 때 마크 브릴랜드의 펀치는 독사의 치명적인 혓바닥처럼 목 줄기를 물어뜯기 위해 날아오고 있었다.

그럼에도 최강철은 압박을 멈추지 않았다.

어디 얼마나 빠른지 해봐.

수시로 파고들면서 놈의 복부와 안면을 향해 펀치를 날리며 접근했다.

교묘한 스텝과 블로킹으로 펀치를 무력화시킨 후 유령처럼 빠져나가는 마크 브릴랜드의 신형을 따라 붙으며 최강철은 연신 위협적인 펀치를 난사했다.

맞지 않아도 좋다.

지금의 이 펀치는 네가 나를 상대하기 위해 어떤 준비를 했는지 알아보기 위함이니 마음껏 도망치고 마음껏 공격해 봐라.

파앙, 팡, 팡!

공격이 실패하는 순간, 뒤로 물러서던 마크 브릴랜드의 주먹이 정확하게 최강철의 가딩을 뚫고 얼굴에 박혔다.

고개가 들릴 정도로 큰 펀치에 맞았다.

원투 스트레이트에 이은 라이트 훅.

스트레이트는 얼굴을 노린 것이고 라이트 훅은 복부를 공격한 것이었다.

몸이 주춤했다.

가딩을 뚫고 들어와 안면을 훑은 놈의 펀치가 잠시 머리를 멍하게 만들었다.

그러나 최강철은 이를 드러내며 압박을 멈추지 않았다.

이런 패턴 좋아. 나는 짐승처럼 물고 뜯는 이런 상황이 너무나 흥분된다.

*   *   *

"어떠냐?"

"괜찮습니다."

"초반부터 너무 대주지 마. 대미지가 쌓이면 후반이 힘들어!"

"저 새끼가 워낙 빨라서요. 방어가 좋아서 맞추기가 쉽지 않네요."

"완급을 조절해. 그냥 똑같은 속도로 들어가면 패턴이 읽힌단 말이다."

"알겠습니다."

"강철아, 내가 말한 건 아직 쓰지 마. 저 새끼 다리가 조금 무뎌지면 그때부터 써."

"오케이."

이성일이 중간에서 불쑥 튀어나오며 소리를 지르자 최강철이 희미한 웃음을 지었다.

그러지 않아도 그럴 생각이다.

이제 겨우 1라운드가 지났을 뿐이니 마크 브릴랜드의 스피드는 펄펄 살아 숨 쉬고 있었다.

기다린다. 1라운드는 탐색을 하기 위해 압박에 여유를 두었지만 이제부터 시작되는 압박은 훨씬 치열하고 지독하게 변할 것이다.

때앵!

2라운드의 공이 울렸다. 자, 이제부터가 진짜다.

최강철은 맞은편 코너에서 나오는 마크 브릴랜드의 눈을 강하게 쏘아보며 바람처럼 달리기 시작했다.

3개월 동안 엄청난 훈련량을 쌓았다고 들었다. 어디 얼마나 네 체력이 강해졌는지 보자.

1라운드에 비해 더 빠른 압박이다.

최강철은 뒤로 물러나는 마크 브릴랜드를 쉽게 놔주지 않고 계속해서 펀치를 뻗어냈다.

그냥 도망칠 수 없는 빠르기다.

1라운드에서는 그냥 물러설 수 있었으나 마크 브릴랜드는 사이드나 백스텝을 밟으면서 펀치를 내야 했다.

최강철의 스피드가 그만큼 빨라져 펀치를 내지 않으면 결국 따라잡힐 것 같았기 때문이다.

무리를 하는 자와 냉정하게 움직이는 자와의 싸움은 언제나 똑같은 결과가 벌어진다.

바로 모험을 하는 자가 손해를 보게 된다는 것이다.

그것을 증명하듯 최강철은 마크 브릴랜드를 압박하면서 많은 펀치를 맞았다.

공격을 하는 순간은 더킹과 위빙의 각도가 제약되고 암 블로킹과 숄더 블로킹도 수시로 풀리기 때문에 반격을 완전히 막는 건 불가능에 가까웠다.

그러나 최강철은 펀치를 맞으면서도 끊임없이 몰아붙였다.

자신만 맞는 게 아니라 그의 주먹도 가끔가다 놈의 안면과 복부에 꽂히기 시작했으니 이건 그가 바라던 난타전이 시작되었음을 의미했다.

*　　　　*　　　　*

"마크 브릴랜드의 연타. 최강철 선수 맞았습니다! 빠릅니다. 마크 브릴랜드 때리고 빠집니다. 따라 들어가는 최강철 선수! 강한 라이트 훅. 빗나갑니다. 아, 아깝습니다. 하지만 최강철 선수 계속 밀어붙입니다! 원투 스트레이트! 가딩으로 막는 마크 브릴랜드. 다시 반격을 합니다! 빠른 콤비네이션. 마크 브릴랜드, 아직도 엄청난 스피드를 유지하고 있습니다. 때리고 맞습니다. 최강철 선수의 레프트 훅이 약간 빗나갔습니다!"

"최강철 선수, 고전이군요. 마크 브릴랜드의 펀치가 예리하게 터집니다."

"5라운드까지 똑같은 패턴으로 경기가 진행되고 있는데요. 점수상으로는 최강철 선수가 많이 뒤질 것 같습니다."

"그렇습니다. 충격받을 정도의 정타를 여러 번 맞았습니다. 반면에 마크 브릴랜드는 오늘 컨디션이 너무 좋은 것 같습니다."

"마크 브릴랜드의 연타가 다시 터집니다! 외곽으로 빙빙 돌면서 치는 저 펀치를 막아내야 할 텐데요. 정 위원님, 방법이 없을까요?"

"워낙 펀치 스피드가 빠르고 리치도 길어서 뾰족한 방법이 떠오르지 않는군요. 제가 봤을 때 최강철 선수의 작전은 끊임없이 전진하며 난타전을 유도하는 것 같습니다만 마크 브릴랜드가 잘 말려들지 않고 있어요. 걱정이네요."

"말씀드리는 순간, 5라운드가 끝나는 공이 울렸습니다. 잠시 광고 보고 돌아오겠습니다."

김영국이 마이크를 놓으면서 진이 빠진 듯 의자에 털썩 주저앉았다.

그러나 지친 기색보다 그의 얼굴에 자리 잡고 있는 것은 걱정이었다.

그건 옆에 앉은 정민철도 마찬가지였는데 경기를 지켜보는 그들의 얼굴은 어두워질 대로 어두워져 있었다.

"정 위원님, 이거 쉽지 않겠는데요?"

"휴우, 저놈이 웬만큼 빨라야지. 더군다나 못 치는 펀치가 없어. 상황에 맞춰서 터져 나오는 펀치들이 너무 예리해."

"그래도 강철이가 계속 밀어붙이고는 있잖아요. 아직은 기대해 봐야 되지 않겠어요?"

"그건 그런데… 변화가 필요해. 이렇게 계속 진행하면 안 된다고. 계속 따라잡고는 있지만 레프트 잽 때문에 제대로 된 공격을 하지 못하고 있어. 아, 저걸 어떻게 때려잡아야 되는데……."

6라운드.

링의 중앙으로 나가자 마크 브릴랜드가 웃는 것이 보였다.

마주 웃어주었다.

놈은 자신이 약속했던 5라운드가 아무 일 없이 끝나자 자신을 향해 비웃음을 날리고 있었다.

인마, 웃지 마라.

그런 게 인생이지 않겠어.

말한 대로 모든 것이 된다면 그게 어떻게 인생이겠냐.

그리고 너의 웃음은 너무 빨라. 지금부터 네 웃음은 곧 눈물로 변할 것이다.

적의 예봉을 꺾는다.

자신을 지금까지 괴롭혀 왔던 레프트 잽이 날아오는 순간 최강철은 마주 라이트 스트레이트를 뿜어냈다.

위잉!

리치에서 차이가 났으나 더킹으로 전진하며 날렸기 때문에 거리가 줄어들었다.

아깝게 놈의 턱을 스쳐 지나갔지만 최강철은 그 순간을 이용해서 바짝 파고들며 복부를 향해 좌우 훅을 날렸다.

팡, 파앙!

지금까지 전혀 사용하지 않았던 패턴이 나오자 복부를 얻어맞은 마크 브릴랜드가 미친 듯이 뒤로 도망갔다.

하지만 그것도 잠시.

접근해 오는 최강철을 향해 기관포 같은 좌우 스트레이트와 어퍼컷, 양 훅이 순식간에 10여 발이나 터졌다.

위빙과 더킹, 패링에 이은 라이트 훅과 스트레이트로 맞섰으나 놈은 이미 펀치를 던지고 빠져나가는 중이었다.

또다시 돌진.

다시 날아오는 레프트 잽을 향해 마주 라이트 스트레이트를 던진 후 복부를 향해 쌍포를 갈겼다.

퍼벅!

효과가 있다. 복부를 맞는 순간 놈의 몸이 움찔하는 게 주먹에서 느껴졌다.

이것이 바로 이성일이 자신에게 주문한 것이었다.

놈의 레프트 잽을 때려잡기 위해 준비한 라이트 크로스 카운터.

연속으로 복부를 맞자 뒤로 물러서던 놈에게서 번개처럼 날아오던 레프트 잽의 횟수가 현저하게 줄어들었다.

좋아, 이게 내가 바라던 것이었어.

레프트 잽의 숫자가 줄어든다는 것은 인파이팅이 훨씬 용이해진다는 것을 의미했고 마크 브릴랜드의 안면이 사정권 안에 들어온다는 것을 뜻한다.

접근전의 스피드를 올렸다.

파고드는 스텝의 움직임을 한 단계 더 높이면서 적의 이동 경로를 가로막고 난타전에 돌입하자, 지금까지 한자리에 서 있지 않았던 마크 브릴랜드의 스텝이 기어코 잡혔다.

콰앙, 쾅, 쾅… 콰앙!

스텝이 잡히자 그동안 이빨을 감추고 있던 최강철의 불꽃 같은 콤비네이션이 미친 듯 쏟아져 나오기 시작했다.

눈 깜짝할 사이에 쏟아져 나오는 펀치 샤워.

결코 단발로 그치지 않았다.

덫에 걸린 맹수의 몸부림처럼 마크 브릴랜드의 펀치 역시 소나기처럼 쏟아져 나왔다.

난타전.

절정의 공격력과 방어력이 로프를 1m 앞둔 지점에서 부딪쳤다.

서로 때리고 맞는 난타전이 10여 초 동안 계속되자 관중들이 전부 일어섰다.

"와아, 와아!!!"

지금까지 최강철이 계속 밀어붙였으나 효율적인 공격을 하지 못하고 지루하게 경기가 이어졌기 때문에 답답해하던 관중들은 두 선수가 폭풍 같은 펀치 샤워를 터뜨리며 부딪치자 미친 듯이 열광하기 시작했다.

안면을 향해 순식간에 터진 레프트 숏 훅에 머리가 덜컥 걸렸다.

반사 신경을 이용해서 돌리지 않았다면 커다란 충격을 입었을 정도로 날카로운 연타 공격이었다.

이 자식 봐라.

타격을 받았지만 그 이상으로 돌려주며 전진했다. 어차피 난타전을 벌이면서 이 정도의 출혈은 각오했으니 괜찮다.

경기의 양상이 변했다.

완벽한 아웃복싱을 하면서 무시무시한 레프트 잽으로 최강철의 접근을 효율적으로 차단하던 마크 브릴랜드의 스텝이 잡히자 링의 곳곳에서 수시로 난타전이 벌어졌다.

완벽한 우위를 잡은 것은 아니었으나 그것만으로 충분하다.

경기의 양상이 변했다는 것은 마크 브릴랜드를 때려잡을 수 있는 기회가 훨씬 많아졌다는 것을 의미했기 때문이다.

*   *   *

"효과가 있구나. 잘했다."

"이대로 계속하면 놈의 스피드가 줄기 시작할 겁니다. 그때부터는 저 새끼를 진짜 죽일게요."

최강철이 붉게 변한 얼굴로 시퍼런 시선을 빛냈다.

아직 찢어진 곳은 없었으나 워낙 많은 펀치에 당했기 때문에 경기가 끝나면 얼굴이 만신창이로 변할 것이다.

윤성호가 불쑥 나선 것은 이성일이 물병을 들어 최강철의 입에 부어주고 난 후였다.

"저놈한테서 이상한 거 못 느꼈어?"

"뭘 말입니까?

"네가 공격을 시작할 때 선제공격이 나오더라. 라이트 훅을 던지는 순간 놈이 레프트 숏을 던지면서 연타를 터뜨렸어. 거기에 두 번이나 당했다고."

"내 라이트 훅의 모션이 크다는 걸 노린 거군요."

"아무래도 그런 것 같아. 저 자식, 빠질 수 있는데도 그러지 않았어. 아무래도 저놈은 잡혔을 때를 대비해서 난타전을 준비한 것 같다. 재미도 봤으니까 계속 시도할 거야. 조심해!"

"알았습니다, 조심하죠."

듣고 보니 그런 것 같다.

6라운드에서 공격을 하다가 4차례 걸렸는데 그중 두 번은 윤성호가 말한 대로 라이트 훅을 던질 때 당한 것이었다.

놈이 비장의 무기로 준비한 게 분명했다. 어쩐지 뭔가 있는 것처럼 하더니 그게 놈을 난타전으로 나서게 만든 이유였던 모양이다.

복싱은 모르고 당할 때는 치명상을 입지만 알고 나면 더 큰 기회를 만들 수 있으니 적의 전략은 이제 무용지물이나 다름없다.

점점 재밌다.

나를 상대로 난타전까지 준비했단 말이지.

좋아, 아주 훌륭해.

하나씩 부순다.

접근해 나가자 레프트 잽을 날리려던 마크 브릴랜드의 손이 움찔했다가 뒤로 빠졌다.

레프트 잽을 날리려는 순간 최강철이 번개처럼 카운터펀치, 라이트 스트레이트를 갈겼기 때문이다.

펀치는 피했지만 마크 브릴랜드는 전권에서 완전히 벗어나지 못하고 최강철의 후속 공격을 향해 반격을 선택했다.

레프트 잽이 꺾인 이상, 최강철의 접근을 막을 수 있는 무기는 이제 빠른 스텝만 남았을 뿐이었으나 그것만 가지고는 최강철의 접근을 막지 못했다.

다시 시작되는 접근전.

이 자식, 아직도 호흡이 살아 있는 걸 보니 엄청난 체력 훈련을 소화했던 모양이다.

그러나 몸이 서서히 지쳐가고 있다는 것을 그의 스텝이 보여준다.

경기 시작했을 때는 8기통 강력한 엔진을 단 오토바이처럼 달리던 스텝이 이젠 6기통으로 줄어 있었다.

가슴 쪽으로 파고들며 라이트 훅을 꺼내 들자 지체 없이 놈의 숏 스트레이트가 번개처럼 날아왔다.

정확하다. 그리고 예상했던 일이기에 최강철은 고개를 젖혀 내면서 즉시 펀치가 빠져나와 비어 있는 적의 레프트 보디를 때린 후, 가다가 멈춘 라이트 훅을 변환시켜 놈의 안면을 향해 내리꽂았다.

습관적으로 연타를 퍼부으려던 마크 브릴랜드의 신형이 비틀하며 뒤로 물러났다.

파앙!

비록 중간에서 멈췄다가 때렸지만 감촉이 좋을 만큼 정확하게 들어간 펀치였다.

맹수는 한번 먹이의 목 줄기를 물면 결코 놓지 않는다.

숨통이 끊어질 때까지 말이다.

최강철은 마크 브릴랜드가 균형을 잃고 뒤로 물러서자 전광석화처럼 파고들며 미사일 같은 양 훅을 날렸다.

정확하게 맞히지는 못했지만 반격할 엄두조차 내지 못할 정도로 강력한 펀치였다.

펀치가 빗나가는 순간 최강철의 몸통이 상대의 가슴을 그대로 들이박았다.

로프로 밀린 마크 브릴랜드가 당황한 표정으로 빠져나가려고 애를 썼으나 최강철의 머리가 먼저 퇴로를 차단했다.

그때부터 프레디 아두를 쓰러뜨렸던 최강철의 쇼트 콤비네이션이 터지기 시작했다.

빠져나가지 못하게 로프에 상대를 묶어놓은 채 터지는 최강철의 펀치가 무시무시한 속도로 마크 브릴랜드의 전신을 두들겼다.

파박, 파바방… 팡, 팡, 팡!

리치가 길다는 것은 복싱에서 엄청난 장점이었으나 거리가 확보되지 않았을 때는 오히려 독약이 되어 자신의 생명을 갉아먹는다.

마크 브릴랜드는 로프에 등을 기댄 채 가드를 잔뜩 올린 상태에서 방어를 하다가 더 이상 견디지 못하겠던지 최강철의 몸을 끌어안고 버텼다.

클린치 작전이다.

지금까지 아웃복싱을 하면서 단 한 번도 끌어안지 않았던 마크 브릴랜드는 위기의 순간이 다가오자 팔을 붙들고 늘어졌다.

하아, 이 자식. 별걸 다하네.

*   *   *

"아, 아깝습니다. 마크 브릴랜드, 결정적인 순간마다 클린치 작전을 쓰는군요. 자꾸 공격의 흐름이 끊깁니다. 아무래도 마크 브릴랜드는 초반에 딴 점수를 지키면서 승부를 판정으로 끌고 가려는 것 같습니다. 답답한 상황입니다. 정 위원님, 이럴 때는 어떻게 해야 되나요?"

"인파이팅의 최대 적은 바로 저 클린치 작전입니다. 저렇게 붙들고 늘어지면 경기의 흐름이 자꾸 끊깁니다. 심판이 경고를 줬으면 좋겠는데 그럴 생각이 없어 보이네요. 마크 브릴랜드가 필사적으로 붙잡고 늘어지면 최강철 선수도 어쩔 수 없어요."

"그럼 큰일이잖습니까. 아직 점수가 많이 뒤지고 있을 텐데요."

"정말 치사한 작전을 들고 나왔어요. 초반에 그토록 강하던 마크 브릴랜드는 어디 간 겁니까? 저, 저, 또 붙잡는군요."

"이제 3라운드밖에 남지 않았는데 걱정입니다. 이럴 때 강하게 뿌리쳤으면 좋겠는데요."

김영국이 슬쩍 물병을 들더니 벌컥벌컥 들이켰다.

목이 탔다.

7라운드부터 시작된 마크 브릴랜드의 클린치는 8, 9라운드부터는 아주 붙잡고 늘어질 정도로 집요하게 변해 있었다.

때리고 붙잡는 변칙 작전. 그야말로 더티 복싱의 전형적인 모습이었다.

최강철은 여전히 앞으로 전진하며 공격을 시도했으나 긴 리치를 이용해서 붙잡고 늘어지는 마크 브릴랜드의 작전에 말려들어 효율적인 공격을 하지 못했다.

"강철아, 이러다 진다."

"왜요?"

"인마, 점수가 한참 뒤져 있어. 이대로 판정으로 가면 진단 말이야. 벌써 10라운드다. 이제 3라운드밖에 남지 않았어!"

"저 개새끼, 어떻게 좀 해봐. 저 씨발 놈, 네가 유부녀로 보인다냐. 왜 붙잡고 늘어지는 거야. 붙잡을 때 불알을 차버려. 뒈져 버리게!"

윤성호와 이성일이 소리를 바락바락 질렀다.

라운드가 얼마 남지 않은 상황에서 대책을 마련하지 못했으니 미치고 펄쩍 뛸 노릇이었을 것이다.

아웃복싱을 하는 놈이, 그것도 신체 조건이 훨씬 좋은 놈이기에 클린치 작전으로 나올 거란 생각은 미처 하지 못했는데 이런 상황이 발생하자 그들은 당황함을 숨기지 못하고 있었다.

하지만 최강철의 표정은 태연하기만 했다.

"관장님, 저 자식 지쳤어요."

"넌 안 지쳤고? 붙잡는 것도 뿌리치지 못하면서 무슨 소리야."

"관장님은 눈 좋은 줄 알았더니 아닌 모양이네요. 내가 일부러 붙잡혀 준 거 몰랐어요?"

"왜 일부러 붙잡혀 줘!"

"내가 잡혀만 있었습니까? 저 새끼 복부를 계속 때린 건 못 봤어요?"

"허억……."

그렇긴 했다. 하지만 클린치 상태에서 때린 공격이었기에 신경을 별로 쓰지 않았는데 최강철은 그것을 위해 일부러 잡혀 주었다는 말을 하고 있었다.

"최소한 저 새끼 복부를 30대는 때렸습니다. 저놈은 끌어안느라 정신이 없었겠지만 지금쯤 다리가 천근처럼 무거워졌을 거예요. 이제 끝낼 테니까 걱정하지 마십시오."

"미치겠네."

"약속한 것처럼 성일이 대가리나 막아놔요."

거짓말이 아니다.

레프트 잽을 막아놨기 때문에 놈의 스텝만 멈추게 만들면이 경기는 끝장을 낼 수 있다.

라운드가 거듭되면서 난타전을 벌였으나 결정적인 순간에는 빠른 발로 도망갔기 때문에 최강철은 놈이 위기를 피하기 위해 클린치를 할 때마다 복부를 집요하게 공략했다.

왼팔을 잡으면 오른손으로 때렸고 오른손을 잡으면 왼 주먹으로 때렸다.

클린치는 두 팔을 다 잡지 못한다는 걸 놈은 간과한 것 같았다.

물론 거리를 둔 상태에서 강력하게 때린 것은 아니었으나 최강철의 숏 혹은 충분히 대미지가 쌓일 정도로 날카롭게 적의 복부를 공략했다.

걸어 나오는 마크 브릴랜드의 다리가 그의 눈에는 후들거리는 것처럼 보였다.

그만큼 몸의 균형이 무너졌다는 뜻이다.

최강철은 놈에게 다가서며 어깨를 좌우로 털었다.

불쑥 앞으로 다가서는 순간 마크 브릴랜드의 좌우 스트레이트가 기습적으로 날아왔다.

슬쩍 더킹으로 피하며 라이트 스트레이트를 날리자 습관적으로 몸통을 잡아오는 팔이 보였다.

놈은 이제 뒤로 물러서는 대신 바짝 붙는 작전을 선택하고 있었다.

하지만 마크 브릴랜드는 최강철의 팔을 붙잡지 못하고 뒤로 튕겨 나갔다.

최강철이 팔을 잡아온 마크의 몸통을 거칠게 밀었기 때문이다.

따라 들어간 최강철의 왼쪽 훅이 균형을 잃은 마크 브릴랜드의 옆구리를 강하게 때린 후 빠져나오며 오른쪽 훅이 가딩을 뚫고 안면을 훑었다.

놀랐냐? 놀랐을 거야.

참으로 지루했어. 난 이런 경기가 될 줄은 정말 몰랐다.

하지만 너의 선택은 그리 현명한 것이 아니었다. 지금부터 보여줄게.

최강철의 러시는 8, 9라운드와 확연히 달랐다.

마크 브릴랜드가 붙잡을 수 없도록 거리를 유지한 채 폭격을 퍼부었는데 리치가 긴 상대에게 되도록 쓰지 않았던 전술이었다.

정상적인 상태였다면 위험했겠지만 이젠 아니다.

클린치를 하기 위해 접근해 들어오면 뒤로 빠지며 펀치를 갈겼다.

그의 전매특허이자 폭풍처럼 터지는 콤비네이션 펀치들이었다.

마크 브릴랜드는 자신의 클린치 작전이 용이하지 않자 반격을 선택했지만 그게 그의 생명을 단축시키는 도화선이 되었다.

최강철의 펀치는 각도의 제약을 받지 않고 터졌다.

한 방, 두 방, 세 방.

버티던 마크 브릴랜드의 신형이 휘청거리기 시작했다.

정확하게 안면에 적중되는 펀치들이 쌓여갈 때마다 뒤로 물러서는 스텝은 둔해졌고 반격하는 펀치들도 힘이 빠졌다.

최강철이 슬쩍 이를 악문 것은 자신의 오른쪽 스트레이트가 놈의 턱을 흔들어놨을 때였다.

여기서 끝낸다. 이 지루하고도 재미없는 경기를 말이다.

빠르다. 마크 브릴랜드의 스텝이 무뎌진 반면 최강철의 발은 이전 라운드보다 훨씬 더 빨라져 있었다.

체력 싸움에서 확실하게 우위에 있다는 뜻이었다.

도망가는 적의 심장을 뜯어 먹는 맹수의 발톱.

최강철의 펀치들이 쉴 새 없이 터지며 마크 브릴랜드가 견고하게 구축해 놓은 가딩을 무너뜨렸다.

붕, 붕… 파바바방!

코너로 몰아넣은 최강철의 콤비네이션 펀치가 기관단총을 갈기는 것처럼 마크 브릴랜드의 전신에 작렬했다.

마크 브릴랜드가 붙잡기 위해 뛰어나올 때마다 최강철은 기다렸다는 듯 몸통으로 가슴을 박아서 다시 코너로 처박았다.

"허억, 헉… 헉."

붉게 달아오른 마크 브릴랜드의 코에서 코피가 분수처럼 쏟아져 나왔고 숨소리는 거칠어질 대로 거칠어져 숨을 거두기 전의 늑대처럼 헐떡였다.

그만 쓰러져. 더 다치기 전에…….

이제 관중들의 함성은 시저 팰리스호텔을 무너뜨릴 정도로 달아올라 있었다.

믿어지지 않을 만큼 막강한 공격력을 확인한 그들의 눈은 경악으로 인해 부릅떠져 있었고 솟구쳐 올라온 전율로 인해 자신이 무슨 짓을 하고 있는지 느끼지 못할 정도로 광란에 빠져들었다.

최강철은 코너에 박혀 더 이상 빠져나오지 못하는 적의 숨결을 확인한 후 슬쩍 뒤로 물러섰다가 마지막 한 방을 준비했다.

그것은 바로 허리를 굽힌 채 얼굴을 수그린 적에게 사형선고나 다름없는 강력한 어퍼컷이었다.

콰앙!

가딩을 뚫고 들어간 최강철이 그대로 안면을 직격하자 간신히 버티던 마크 브릴랜드의 몸이 스르륵 캔버스를 향해 무너져 내렸다.

그 순간 옆에서 긴장된 눈으로 지켜보던 레프리가 달려들며 최강철을 반대쪽 코너로 몰아냈으나 그는 뒤로 세 발만 물러선 후 그대로 두 손을 번쩍 들었다.

마크 브릴랜드는 쓰러졌던 몸을 일으켜 세우기 위해 꿈틀거렸으나 피니스 블로우를 터뜨렸을 때의 감촉으로 그가 일어서지 못한다는 것을 알고 있었다.

눈이 완전히 풀린 상태에서는 몸의 균형이 제대로 작동될 수 없기 때문이다.

장하다, 마크.

나를 이기고 싶어 했던 너의 간절했던 마음이 그 꿈틀거림에서 느껴지는구나.

하지만 어쩌겠나. 이 또한 운명이지 않겠느냐.

＊   ＊   ＊

"최강철 선수 무섭게 몰아치고 있습니다! 원투 스트레이트. 복부, 날카롭게 들어갔습니다! 정 위원님, 이게 어찌 된 일일까요. 최강철 선수가 완벽하게 달라졌습니다."

"저도 모르겠습니다. 아이고, 마크 브릴랜드가 클린치조차 하지 못하는군요. 밀려 나갑니다. 무서운 파괴력입니다."

"최강철 선수, 마크 브릴랜드를 코너에 몰아넣었습니다! 미사일 같은 양 훅. 드디어 터지고 있습니다. 최강철 선수의 폭발적인 콤비네이션 공격! 마크 브릴랜드 정신을 차리지 못합니다. 잠시 물러서는 최강철! 앗, 어퍼컷입니다. 정확히 들어갔습니다. 마크 브릴랜드 쓰러집니다! 쓰러졌습니다! 레프리 카운트. 중지시킵니다. 레프리가 경기를 끝냈습니다! 만세, 최강철 선수가 이겼습니다! 조국에 계신 국민 여러분, 최강철 선수가 링의 마술사 마크 브릴랜드를 꺾고 통합 타이틀을 획득했습니다! 기뻐해 주십시오! 대한민국의 건아, 대한민국의 영웅, 최강철 선수가 마크 브릴랜드를 KO로 꺾고 챔피언에 올랐습니다!"

벌떡 일어선 채 중계하고 있던 김영국이 울부짖었다.

눈으로 직접 확인했으나 믿어지지 않는 순간이었다.

9라운드까지 고전을 면치 못했던 최강철이 기적처럼 괴력을 발휘하며 단숨에 경기를 끝내 버리자 김영국과 정민철은 자리에서 일어나 펄쩍펄쩍 뛰었다.

*　　　　　*　　　　　*

울지 말라니까.

윤성호는 제대로 기뻐하지 못한 채 흐르는 눈물을 닦지도 않고 대성통곡을 했다.

누가 보면 마치 부모님이라도 돌아가신 것처럼 울고 있었다.

철석같이 다짐했던 약속도 잊은 채.

차마 눈물을 철철 흘리며 대가리를 들이미는 이성일의 행동을 막지 못했다.

"이 자식아, 천천히 해."

자신의 몸이 이성일로 인해 붕 뜨는 걸 느끼며 눈이 붉어졌다.

같이 고생했던 동료들이 다 울고 있기 때문인지, 아니면 꿈에 그리던 챔피언벨트를 기어코 따냈다는 기쁨 때문인지 자신도 모르게 눈가가 축축하게 젖어 왔다.

왜 눈물이 나오는 거야, 이 기쁜 순간에.

하지만 괜찮다.

쪽팔림은 잠시에 불과하고 기쁨은 오래 가는 거니까 같이 울자.

우리가 같이 얻어낸 이 영광을 축복하며.

제29장
영웅의 귀환

서울대의 윤문호 교수는 시합이 벌어지는 날 일찍 일어나 조깅을 하기 위해 동네를 한 바퀴 돈 후 일찌감치 텔레비전 앞에 앉았다.

하지만 동작이 더 빨랐던 건 장성한 3명의 아들이었다.

대학교에 다니는 둘째와 셋째는 물론이고 회사에 다니는 큰 아들놈까지 소파를 차지하고 있었는데 두 눈이 말똥말똥 했다.

신기한 일이다.

아들놈들은 일요일이면 늦잠을 자다가 밥만 먹고 총알같이 집을 나섰기 때문에 얼굴 보기가 어려웠는데 오늘은 약속이나 한 것처럼 텔레비전 앞으로 모여들었다.

"식사하세요."

집사람은 가족들이 전부 일찍 일어나 텔레비전 앞으로 모이자 부담을 느꼈던지 안 하던 짓을 했다.

일요일에는 전부 각자 놀기 때문에 평소에는 간단하게 해결하곤 했는데 가족들이 새벽처럼 일어나 돌아다니자 늦잠을 포기한 것 같았다.

"여보, 우리 여기서 먹읍시다."

"무슨 소리예요. 다 차려놨는데!"

"지금 시작하잖아······."

"엄마, 아버지 말씀대로 여기서 먹어요. 지금 최강철 하이라이트 나온다고요."

대학 4학년인 둘째가 편을 들고 나서자 텔레비전 화면에 시선을 고정시키고 있던 나머지 놈들이 마구 고개를 끄덕여댔다.

화면에서는 최강철이 프레디 아두와 시합하는 장면이 나오고 있는 중이었다.

경기가 시작되기 전 방송국에서는 그동안 최강철이 펼쳐왔던 KO 퍼레이드를 보여주며 분위기를 잔뜩 끌어 올리고 있었다.

집사람의 입이 한 치는 튀어나왔다.

겨우 식탁에 차려냈는데 4명의 남자가 자리에서 꼼짝하지 않자 두 눈을 부릅뜬 채 한동안 노려보았다.

하지만 대책 없는 남편과 아들들을 식탁으로 끌고 오기에는 그들의 정신이 별나라로 가 있었기 때문에 항복을 선언할 수밖에 없었다.

아들을 키워본 사람들은 안다.

어렸을 때는 그런 대로 대화가 되지만 중학교에 들어가는 순간부터 아들놈들은 부모들과의 대화가 절벽으로 변한다.

그런 놈들이 오늘은 전혀 다른 모습을 보이며 마구 떠들고 있었다.

"아버지, 최강철이 경영학과 학생이라면서요?"

"그래, 입학하자마자 휴학계를 냈지만 분명히 서울대 학생이다. 그것도 경영학과 수석 합격 한 놈이야."

"그런데 휴학을 그렇게 오래해도 돼요? 벌써 6년이나 지났잖아요?"

"쟨 특별하잖아. 학교에서는 외국 취업자나 스포츠 스타들에게는 편의를 봐줄 수 있다는 규정이 있어. 그런 규정을 근거로 두 번 연기한 거야."

"학교는 다닐 수 없겠네요. 세계 챔피언이 학교를 다닐 리 없잖아요?"

"아니다, 저 친구 내년에 복학한다더라."

"정말이에요?"

최강철이 복학한다는 소릴 하자 아들 셋이 동시에 놀란 눈을 만들었다.

오늘 통합 타이틀을 획득하면 그야말로 최강철은 명실상부한 국민 영웅으로 등극할 것이다.

더군다나 뉴스에서 보니 이번 타이틀전 개런티로 350만 달러란 거액을 받는다고 했다.

일반인들이 평생을 벌어도 결코 만져볼 수 없는 거액이었다.

그런 놈이 왜 학교를 다닌단 말인가.

"최강철은 특별한 친구야. 내가 몇 번 이야기를 나눠봤는데 비범함이 있었어. 저 친구가 나에게 그러더라. 복싱 못지않게 학문을 배우는 것도 중요하다고. 뭔가 원대한 꿈을 꾸고 있는 것 같아."

드디어 기다리고 기다리던 시합이 시작되자 복싱을 좋아하지 않던 집사람까지 슬그머니 소파로 와서 앉았다.

최강철이 남편의 제자라는 특수성도 있었지만 온 국민의 시선이 집중되었고 오랜만에 가족들이 전부 모였기 때문에 그녀조차 텔레비전 앞에 앉을 수밖에 없었다.

이런 순간, 이런 기회는 흔치 않기 때문이었다.

최강철이 출전하는 순간, 아들들의 입에서 환호성이 터져 나왔다.

그의 머리에 선명하게 새겨져 있는 태극기를 본 아들들은 두 주먹을 불끈 쥔 채 두 눈을 부릅떴다.

대한민국.

긴 전쟁을 끝낸 후 한강의 기적을 만들며 경제를 부흥시켰으나 군부독재자들의 총칼 앞에 무기력하게 무너지면서 국민들의 가슴속에는 깊은 슬픔과 절망이 숨겨져 있었다.

그랬기에 국가에 대한 사랑이 특별했다.

총칼에 맞서 장렬히 산화해 갔던 사람들의 넋을 잊지 않았고 끝내 총칼을 무찔러 자유를 획득한 국민들의 자부심은 애국이라는 결과로 승화되었다.

아들들은 경기가 진행되는 동안 잠시도 자리에 앉아 있지 못했다.

윤문호 역시 그랬다.

대학교수, 그것도 한국 최고 대학의 교수라는 권위와 자부심은 지금 이 순간 아무것도 아니었다.

아들들과 함께 소리를 질렀고 최강철이 맞을 때마다 안타까움에 한숨을 흘려냈다.

마크 브릴랜드가 치사한 작전을 펼치며 끌어안을 때마다

육두문자를 쏟아내었고, 끝끝내 최강철이 기적처럼 힘을 내어 그를 쓰러뜨렸을 때는 자리에서 벌떡 일어나 아들들의 몸을 끌어안고 만세를 불렀다.

마크 브릴랜드가 KO되는 순간 아파트가 무너져 내리는 것처럼 진동했다.

텔레비전 앞에 모여 경기를 지켜보던 모든 주민이 한꺼번에 뛰어올라 기뻐했기 때문이다.

올해 벌어졌던 올림픽에서 12개의 금메달이 쏟아져 나왔지만 이런 일은 처음이었다.

화면에서 흘러나오는 앵커와 해설자의 목소리는 절규에 가까웠다.

그들도 나처럼, 우리 국민들처럼 그 기쁨과 가슴 벅찬 영광을 숨기지 못하고 있었다.

쥐어진 주먹에서 땀이 저절로 흘러나왔다.

시합이 진행될 동안 꽃다방에선 탄식과 탄성이 터져 나왔고 욕설과 주먹질이 난무했다.

그러던 한순간.

10라운드에 들어와 최강철이 폭풍처럼 마크 브릴랜드를 몰아붙이자 한 놈도 빠짐없이 자리를 박차고 일어났다.

"와아, 와아! 그래, 죽여. 깡철아, 여기서 끝내자!"

고함 소리가 천둥처럼 꽃다방을 진동시켰다.

펄쩍펄쩍 뛰며 주먹질을 해대는 통에 실내가 권투 경기장을 연상시킬 정도였다.

마침내.

간절히 시합을 지켜보던 김영호와 류광일은 끝내 최강철이 마크 브릴랜드를 캔버스에 길게 눕히자 서로를 끌어안으며 몸부림을 쳤다.

꽃다방은 난리가 아니었다.

모든 인간이 서로를 끌어안고 만세를 불렀는데 상대가 누군지 가리지 않았다.

저 새끼 봐라. 아무리 좋아도 왜 다방 아가씨를 끌어안고 지랄이야.

한 놈이 다방 아가씨를 부둥켜안고 지랄을 떨었어도 그 누구 하나 탓하는 사람이 없었다.

"허리케인, 허리케인, 최강철 만세!"

마치 이성을 잃은 사람들처럼 기쁨을 숨기지 못하던 인간들이 꽃다방을 벗어나 거리로 뛰쳐나가기 시작한 것은 바깥에서 들려온 환호성 때문이었다.

그들을 따라 김영호와 류광일도 밖으로 나왔다.

길거리에서는 차에서 울리는 경적 소리가 난무했고 사람들은 만나는 사람마다 하이파이브를 나누며 승리를 기뻐하고 있었다.

최강철은 이성일의 귀를 잡아당겨 그의 어깨에서 내려온 후 겨우 일어나 코너로 돌아간 마크 브릴랜드를 향해 다가갔다.

마크 브릴랜드는 의자에 앉아 고개를 숙인 채 움직이지 않고 있었다.

그의 코치진이 가로막아 왔으나 최강철은 그들이 비켜줄 때까지 조용히 서서 기다렸다.

마크 브릴랜드의 고개가 들려지며 자리에서 일어난 것은 최강철이 손을 내밀었을 때였다.

"마크, 훌륭한 경기였다. 나는 너를 진심으로 존경한다."

"허리케인……."

그의 손이 마주 나왔다. 그러고는 내밀어진 최강철의 손을 굳게 붙잡았다.

붉어진 얼굴. 아직도 패배의 충격에서 벗어나지 못했던 듯 그의 눈에는 흘렀던 눈물 자국이 그대로 남아 있었다.

"허리케인, 너는 진정한 강자다. 그러나 나는 여기서 포기하지 않을 거다. 나중에… 다시 한번 붙었으면 좋겠다."

"언제든지, 기다리 마."

"고맙다."

최강철이 그의 손을 굳게 잡은 후 링의 중앙으로 나와 함성을 지르고 있는 관중들을 향해 다시 한번 손을 번쩍 들었다.

"허리케인, 허리케인, 허리케인!"

천둥처럼 울려 퍼지는 관중들의 함성.

그들은 경기가 끝난 후 5분 가까이 지난 지금까지도 자리에서 일어나 허리케인을 연호하고 있었는데 아직도 충격적인 마지막 순간에서 벗어나지 못한 것 같았다.

링 아나운서가 다가온 것은 레프리의 공식 승리 선언이 끝나고 난 후였다.

이것도 새롭게 생긴 습관 중의 하나다.

그동안 다른 경기에서는 타이틀전이 끝나도 인터뷰를 거의 하지 않았는데 최강철이 워낙 폭발적인 인기를 얻자 이제는 자연스럽게 링 아나운서가 다가왔다.

"허리케인, 승리를 축하합니다."

"감사합니다."

"오늘 다른 경기와 다르게 고전을 했습니다. 어떻게 된 일인가요?"

"마크 브릴랜드 선수가 워낙 뛰어난 스피드를 지녔기에 경기 내내 힘들었습니다. 마크 브릴랜드 선수는 대단한 선수입니다."

"하지만 마지막 10라운드에서는 정말 엄청난 괴력을 발휘했습니다. 허리케인 특유의 폭발적인 인파이팅을 펼쳐졌는데요.
기회를 기다리고 있었던 겁니까?"

"그렇습니다. 마크 브릴랜드 선수의 체력이 소진되기를 기다
리고 있었습니다. 다행스럽게 마크 브릴랜드 선수는 10회 들
어 급격히 체력이 떨어져서 이길 수 있었던 것 같습니다."

"이제 통합 챔피언이 되었습니다. 앞으로의 계획은 어떻습니
까?"

"저는 이전 시합부터 계속 말해왔듯이 판타스틱4와의 대결
을 원합니다. 그들이 저를 두려워하지 않는다면 언제든지 붙
을 수 있습니다. 그러니 거기 계시는 헌즈, 당신을 비롯해서
누구든 도전하길 바랍니다. 나는 당신들과 영광스러운 대전
을 원합니다."

최강철이 링 사이드에 있는 헌즈를 가리키며 당당히 말하
자 관중들이 고함을 지르며 성원을 보내왔다.

떠오르는 태양 허리케인, 최강철.

그리고 이미 전설이 되어버린 복싱의 영웅들과의 한판 승
부를 그들은 간절히 기대하고 있었다.

"정말 대단한 성원입니다. 저 역시 당신과 그들의 대결이 펼
쳐지기를 기대합니다. 그러나 허리케인, 당신에게는 아직 이루
어야 할 목표가 하나 남아 있습니다. 바로 WBC 챔피언인 허
니건과의 대결인데요. 허니건을 꺾어야만 진정한 통합 챔피언

이 되지 않겠습니까?"

"맞는 말씀입니다. 그 역시 제가 원하는 것 중의 하나입니다. 허니건, 지금 들으셨지요. 복싱팬들은 당신과 나, 누가 진정한 챔피언인지를 궁금해하고 있습니다. 그렇기 때문에 우리는 싸워야 합니다. 이 사실을 잊지 말아주시기 바랍니다."

"역시 허리케인입니다. 화끈한 복싱 스타일 못지않게 조금의 주저함도 없군요. 허리케인, 마지막으로 하실 말씀이 있습니까?"

링 아나운서가 묻자 최강철이 담담하게 마이크를 넘겨받았다.

그런 후, 한국말로 천천히 입을 열었다.

"고국에 계신 국민 여러분, 저를 응원해 주신 덕분에 챔피언에 오를 수 있었습니다. 더 노력하겠습니다. 그래서 아무도 넘볼 수 없는 무적의 챔피언이 될 테니 계속 지켜봐 주십시오. 감사합니다."

링에서 내려오자 수많은 기자가 몰려들었다.

외신은 물론이고 국내 기자들까지 총망라되었기에 그 숫자가 가뿐하게 100명이 넘었다.

하지만 인터뷰를 요청한 건 아니었다.

이제 막 시합을 끝낸 선수에게 인터뷰를 요청하지 않는다는 건 불문율에 가까운 것이었기에 그들은 링에서 내려와 대기실로 걸어가는 최강철의 모습을 카메라에 담느라 정신이 없었다.

샤워를 마치고 옷을 갈아입자 온몸이 쑤시기 시작했다.

10라운드 내내 치고받았더니 얼굴이 화끈거렸고 상반신이 마비되는 것처럼 뻐근해져 제대로 움직이기 힘들었다.

따라붙는 기자들을 뿌리치고 호텔로 들어가 옷을 갈아입은 후 그대로 잠에 빠져들었다.

윤성호와 이성일은 그가 침대로 향하자 방해하지 않겠다는 듯 방을 빠져나갔는데 최강철은 그들이 나가는 것조차 확인하지 못했다.

오랜만에 맛본 달콤한 잠이었다.

얼마나 잤을까.

기분 좋은 느낌에 최강철은 눈을 뜨지 않은 채 미소를 지었다.

자신의 등을 어루만지는 손길은 너무나 따뜻했고 부드러워 마치 천사의 속삭임을 듣는 것 같았다.

"언제 왔어?"

"방금."

"아… 지금 몇 시야?"

"아침 9시가 넘었어. 강철 씨는 무려 11시간이나 잤단 말이야."

"그랬어? 난 잠깐 눈을 감았을 뿐이라고 생각했는데 오래 잤네."

"일어나. 밥 먹어야지. 강철 씨하고 같이 먹으려고 지금까지 기다렸어."

"조금만 더 이대로 있자."

최강철이 침대맡에 앉아 있는 서지영을 끌어당겼다.

얼떨결에 끌려 들어간 그녀의 몸이 품에 안기며 쓰러지자 최강철이 팔을 들어 그녀의 몸을 감싸 안았다.

그녀는 가만히 있었다.

품에 안긴 그녀는 눈을 들어 희미하게 웃고 있는 최강철의 모습을 바라보기만 했다.

"왜 웃어?"

"좋아서."

"뭐가?"

"지영 씨를 안을 수 있었잖아. 아침이 되면 남자는 힘이 넘치거든. 그런데 지영 씨가 이른 아침에 때 맞춰 여기로 찾아왔으니 얼마나 좋겠어."

"이런 늑대, 빨리 안 일어나!"

얼굴도 부었고 온몸이 부어 움직이기 어려웠다.

서지영과 함께 방을 나서자 윤성호와 이성일이 묘한 웃음을 지으며 그를 맞아주었다.

특히 이성일은 그들이 방을 나오는 걸 본 후 입술 끝을 끌어 올리며 싸가지 없는 말부터 해왔다.

"아무렴, 원기 회복에는 그만한 게 없지."

"뭔 소리냐?"

"온몸이 쑤시고 아프지?"

"그래."

"그래도 잘했을 거야. 난 널 믿어."

"뭘 잘해, 이 자식아!"

팔을 번쩍 들려고 했지만 제대로 말을 듣지 않아 비명 소리가 나왔다.

옆에서는 서지영이 얼굴을 붉힌 채 고개를 숙이고 있었는데 대놓고 이성일이 야한 소리를 해대자 마치 쥐구멍에라도 들어갈 기세였다.

"그만해, 인마. 지영 씨 부끄럽게 왜 그래. 남녀가 한 방에 있으면 다 그런 거지, 뭐. 강철아, 밥이나 먹으러 가자."

흔내는 시어머니보다 말리는 시누이가 더 밉다는 말이 있는데 윤성호가 그걸 그대로 따라 했다.

할 말은 태산 같았지만 최강철은 어이없다는 표정만 지은 채 입을 닫아버렸다.

여기서 더 떠들어봤자 불리해지는 건 그와 서지영밖에 없기 때문이다.

상상은 상상을 불러일으킨다.

같은 방에서 2시간 가까이 있었으니 이 인간들이 야한 상상을 하는 건 당연한 일인지도 몰랐다.

하지만 최강철과 서지영은 그야말로 손만 잡고 있었을 뿐이다.

그들이 식당으로 들어가자 여기저기서 함성이 터지며 사람들이 반겨주었다.

어제의 흥분과 열기를 그들은 아직도 잊지 못하고 있는 것 같았다.

사람들을 향해 겨우 손을 들어 인사를 해주고 예약된 자리에 앉았다.

예전 같으면 사진을 찍자거나 사인을 해달라고 사람들이 몰려들었을 텐데 최강철이 불편한 모습으로 겨우 자리에 앉는 걸 봤기 때문인지 아무도 오지 않았다.

예의와 배려를 안다.

잘 먹고 잘사는 나라의 사람들은 상대방을 배려하는 게 습관처럼 몸에 배어 있는 것 같았다.

비록 몸은 불편했으나 아침 식사 시간은 즐거움으로 가득 찼다.

윤성호와 이성일은 어제 있었던 시합에 대해서 떠들며 최강철을 정신없게 만들었는데 라운드마다 리뷰를 하는 통에 시합을 다시 하는 기분이 들었다.

주제가 시합에서 벗어난 건 식사가 거의 끝났을 때였다.

"강철아, 지금 한국에서는 난리가 났단다."

"왜?"

"왜긴 왜야. 네가 타이틀을 획득했기 때문이지. 거의 모든 국민이 네 경기를 지켜봤대. 한국에서는 너를 영웅이라고 부른단다."

"거참, 영웅은 무슨."

"정말이야. 어제 네가 이기는 순간 한국 국민들이 전부 거리로 뛰쳐나왔어. 그 모습을 뉴욕 타임지에서 보도까지 했다니까."

"얼굴 벌게진다. 그만해라. 나라를 구한 것도 아닌데 뭘 그렇게까지… 정말 그랬다면 돌아가는 게 걱정되네."

"걱정할 게 뭐가 있어. 사람들이 좋아해 주면 좋은 거지. 그런데 우리 언제 돌아가나?"

"내년 2월 초에."

"강철 씨, 어딜 가?"

최강철의 대답에 서지영이 궁금한 표정으로 물어왔다.

그녀는 최강철과 일행들이 한국으로 돌아간다는 사실을 전혀 모르고 있었다.

그녀의 반문에 윤성호와 이성일이 놀란 눈으로 최강철을 바라보았다.

이 자식, 이거, 죽으려고 환장했군.

그들의 표정에 담긴 것은 바로 그런 것들이었다.

하지만 최강철은 담담한 표정으로 입을 열었을 뿐이다.

"우리는 한국으로 돌아갈 거야. 더 늦으면 공부하기가 어려워질 것 같아서 내년에 복학할 생각이거든."

"돌아… 간다고… 그걸 왜 지금에서야."

서지영의 얼굴이 순식간에 하얗게 변했다.

이런 중요한 이야기를 지금 이 자리에서 들었다는 게 믿기지 않은 얼굴이었다.

사랑하는 사람이 떠난다는 사실을 다른 사람들은 알고 있는데 자신만 몰랐다는 현실이 그녀의 입을 얼어붙게 만들었다.

이건 말도 안 되는 일이었다.

"지영 씨, 놀란 모양이네."

"응, 놀랐어."

"화났어?"

"아직은 아냐. 하지만 나에게 말하지 않은 이유가 적절하지 않다면 그땐 화가 나겠지. 말해줘. 왜 나한테 말하지 않았어?"

"지영 씨도 알겠지만 나는 훈련 때문에 정신이 없었어. 아니, 그것 때문이 아니라 나중에 이야기해도 괜찮다고 생각했어. 별일 아니라고 생각했으니까."

"왜?"

"아주 돌아가는 게 아니라 공부할 때만 한국에 있을 거야. 방학 때는 다시 돌아와 지영 씨와 함께 있을 거니까 아무런 문제 없어."

"그렇구나. 강철 씨는 나와 3개월 동안 떨어지는 게 아무것도 아니었던 거구나."

서지영의 얼굴이 흐려지기 시작했다.

최강철의 변명이 그녀를 이해시키지 못했기 때문이다.

사랑하는 사람들의 이별은 하루도 길다. 그리고 그 이별은 끔찍한 고통과 슬픔을 주는데 최강철은 그런 사실을 아무렇지 않게 말하고 있었다.

사랑이란 건 뭘까.

과거의 나는 어떤 사랑을 했을까.

무조건 주는 사랑이 얼마나 바보 같은 짓인지, 얼마나 외롭고 슬픈 것인지 너무나 잘 안다.

사랑이란 건 주고받는 거래였다는 것을 죽는 그 순간 뼈저리게 느꼈다.

믿음이 배반되었을 때 겪어야 했던 지옥 같은 고통은 말로 설명할 수 없을 만큼 아픈 것이었다.

그럼에도 다시 사는 인생에서 외로움을 견딜 수 없었기에 서지영을 만났다.

그녀는 충분히 사랑스러운 여자였고 그 누구보다 착해서 사랑을 받기에 충분한 여자였다.

그렇기에 더욱 조심스러웠다.

몸은 26살의 피 끓는 청춘이었으나 정신은 이미 세상의 모든 더러움과 세파에 찌들어 버렸기에 순수와 거리가 멀다.

모든 것을 바라보는 시선이 단순하지 않다는 뜻이다.

화가 난 표정으로 떠나는 그녀를 잡지 않은 것도 그 이유 때문이었다.

모든 것은 때가 있고, 때를 잃어버린 사람은 기다림의 시간 이 필요하다는 것을 너무나 잘 안다.

최강철이 그녀를 다시 찾은 것은 얼굴의 부기가 가라앉고 몸 상태가 원래대로 회복되었을 때였다.

사무실 문을 열고 들어서자 정신없이 움직이고 있는 사람 들의 모습이 보였다.

인원이 또 늘었다.

불과 몇 개월 사이에 마이다스 CKC의 직원은 다시 7명이 더 늘어나 있었다.

델 컴퓨터와 시스코의 매출액이 급격히 늘어났고 사업 확장으로 인해 업무량이 많아졌기 때문이다.

직원들을 뽑는 기준도 강화되었는데 워낙 연봉 조건과 근무 여건이 좋았기 때문에 퀄리티가 뛰어난 인재들의 스카우트가 가능했다.

그가 들어서자 가장 가까이 있던 황인혜가 놀란 얼굴로 다가왔다.

윤성호와 만나면서 최강철의 몸 상태가 좋지 않다는 것을 들었기에 시간이 더 필요하다고 생각했기 때문이다.

"강철아, 어서 와. 몸은 괜찮아졌어?"

"보다시피. 내가 워낙 튼튼해서 금방 회복되거든요."

"회의할 거니?"

"오랜만에 나왔으니까 그동안 어떻게 진행되었는지 들어봐야죠. 10분 후에 제 사무실에서 보는 걸로 준비해 줘요."

"오케이, 보스."

고개를 까딱 숙인 황인혜가 부지런히 움직였다.

그녀는 사무실에서만큼은 경어를 사용하지 않았을 뿐 최강철에 대한 예의를 철저히 지켰다.

10분이 지나자 서지영을 필두로 경영진이 사무실로 들어왔다.

맨 앞에 들어서는 서지영의 표정은 좋지 않았다. 그렇게 떠난 후 최강철이 한 번도 전화를 하지 않았으니 어쩌면 당연한 일이었다.

회의는 꽤 오래 진행되었다.

맨 먼저 보고를 시작한 것은 서지영이었는데 주 내용은 그 동안의 주가 동향과 수익, 선물 투자에 관한 것들이었다.

버크셔 해서웨이의 주가 상승은 무서울 정도였다.

블랙 먼데이가 있고 난 후 1년이 지났을 뿐인데 워렌 버핏이 탁월한 투자로 엄청난 수익을 올리고 있었기 때문에 버크셔 해서웨이의 주가는 4배나 폭등한 상태였다.

거기다가 우량주를 사두었던 것들도 50% 이상 올라 주가에 들어 있는 총자산이 4,800만 달러나 되었다.

하지만 그것은 델 컴퓨터의 약진에 비하면 아무것도 아니었다.

상장 후 1,900만 달러의 보유 주가는 불과 몇 개월 만에 두 배인 16달러를 기록해서 4,000만 달러에 육박하고 있었다.

더군다나 서지영이 운용한 선물 투자의 이익금도 만만치 않았다.

최강철의 지시대로 선물 쪽에 1,000만 달러를 운용했던 서지영은 6개월 만에 300만 달러를 벌어들였다.

상승 쪽에 타깃을 잡고 운용한 결과였다.

클로이가 보고한 투자 기업의 성장세도 본격적으로 궤도에 오르는 중이었다.

델 컴퓨터의 전분기 실적은 5,000만 달러였고 시스코의 실적은 2,000만 달러를 초과했다. 정말 무시무시한 성장 속도였다.

물론 대부분의 이익금이 재투자되고 있었으나 이대로라면 조만간 엄청난 이익금들이 회사로 들어오게 될 것이다.

수잔이 운용하기 시작한 부동산 쪽은 이제 시작한 지 얼마 되지 않았기 때문에 성과를 얻지 못한 상태였다.

그녀는 최강철이 별도로 마련해 준 300만 달러를 가지고 뉴욕과 LA 시가지 쪽에 땅을 매입하고 있는 중이었다.

모든 보고가 끝나자 최강철이 웃으며 입을 열었다.

시간이 갈수록 마이다스 CKC의 성장은 불가사의한 속도로 진행되고 있었지만 그는 경영진의 보고만 받고 나서 꼬치꼬치 캐묻지 않았다.

사람들을 믿는 것이 아니라 서류를 믿는다.

모든 돈의 흐름은 서류로 결정되는 것이고 커다란 흐름만 맞으면 더 이상 신경 쓸 필요가 없었다.

이것이 그의 경영 철학이다.

여기 앉아 있는 경영진들은 그의 이런 경영 방식이 자신들을 믿기 때문이라고 생각하고 있으니 더욱더 열심히 일해줄 것이다.

"모두 고생했어요. 저는 앞으로도 주식 시장이 활황세를 보일 거라고 예측하고 있어요. 서 대표님?"

"예."

"버크셔 해서웨이에서 1,000만 달러를 빼서 애플에 투자하세요. 앞으로 애플이 성장할 겁니다."

"애플은 오랫동안 주가가 정체 현상을 벌이고 있어요. 반면에 버크셔 해서웨이의 전망은 아직도 밝은데 그럴 필요가 있을까요?"

"일단 많이 올랐으니까 이익 실현 차원에서 전환한다고 생각하시고 내 말대로 하세요."

"알겠습니다."

"그리고 선물 투자는 계속 상승 패턴에 초점을 맞추고 운영하세요. 그러면 크게 손해 볼 일은 없을 겁니다."

"시장 상황은 그때그때 달라요. 그건 제가 확인해 나가면서 움직일게요."

"오케이."

서지영의 반론에 최강철은 토를 달지 않았다.

맞는 말이다. 비록 앞으로의 주식 시장이 상승 추세를 그리겠지만 3개월마다 벌어지는 선물 시장은 수많은 변화를 지니고 있으니 서지영의 판단을 존중할 필요가 있었다.

최강철은 그 후로도 클로이와 수잔에게 중요한 사항을 몇 가지 지시 내린 후 회의를 끝마쳤다.

"지영 씨는 잠깐 남아봐."

모든 사람이 일어났을 때 최강철이 입을 열자 나머지 사람들이 도망치듯 서둘러 사무실을 빠져나갔다.

그들도 두 사람의 분위기가 심상치 않다는 것을 눈치채고 있었기 때문이다.

다른 사람처럼 자리에서 일어났던 서지영이 다시 의자에 앉자 최강철의 표정이 부드럽게 변했다.

"아직 화났어?"

"여긴 회사예요. 그런 이야기 할 장소가 아닙니다."

서지영이 둘만 남았어도 경어를 쓰면서 날카롭게 대답했다.

아직도 화가 나 있다는 뜻이다.

그랬기에 최강철은 웃음을 머금었다.

"그럼 회사 일 이야기하지, 뭐. 이틀 후에 출장 갈 거니까 준비해 줘. 장소는 하버드야. 항공편 잡고 차도 렌트해 놔. 거기서 5일 동안 머물 테니까 호텔도 준비하고."

"거긴 왜 가⋯⋯?"

"중요한 사람을 만날 일이 있어서."

"또 투자 때문에 사람 만나는 거야?"

서지영이 슬쩍 긴장된 표정으로 물었다.

최강철이 이럴 때마다 일이 생겼기 때문에 그녀는 출장을 가자는 말에 놀란 표정을 숨기지 못했다.

그의 손은 마이다스의 손이다.

뭔가를 할 때마다 엄청난 수익을 올리는 사업에 투자를 했기 때문에 이제 그녀는 최강철이 무서울 정도였다.

미국 최고 펜실베이니아대학 출신이라는 자부심도 그 앞에서는 여지없이 무너질 만큼 최강철의 투자 패턴은 경이적이었다.

그랬기에 그녀는 자신의 말투가 변한지도 모르고 있었다.

"이번에는 투자 때문에 가는 거 아냐."

"그럼?"

"친구 사귀려고. 거기 하버드 로스쿨에 아주 괜찮은 사람이 있거든."

"그 사람이 누군데?"

"버락 오바마! 그리고 그건 실수였어."

"뭐가?"

"지영 씨에게 복학한다는 말 하지 못했던 거. 내가 바보라서 그래. 엄청 중요한 이야긴데 지영 씨만 만나면 눈이 멀어서 그 생각을 미처 하지 못했어."

"나를… 만나면 눈이… 멀어?"

"지영 씨가 너무 예뻐서, 지영 씨를 만나면 내가 정신을 차리지 못하거든. 알다시피 나는 시합 때문에 훈련하느라 지영 씨 보기가 힘들잖아. 그래서 그런가 지영 씨를 보면 다른 게 생각이 나지 않아."

"…그걸 변명이라고 해."

서지영이 눈을 부릅뜨고 노려봤지만 이미 기세가 꺾여 있었다.

여자는 남자의 거짓말을 뻔히 알고도 속아준다.

더군다나 화를 내고 떠난 이후 최강철은 10일 동안 아무런 연락조차 하지 않고 그녀의 애를 태웠기 때문에 더욱 그랬다.

가슴을 졸이며 시간을 보냈다.

그가 아무런 연락이 없자 자신이 화낸 것에 대한 혼란이 찾아왔고 온통 그를 생각하느라 밤잠을 설쳤다.

시간이 지날수록 최강철의 말대로 사소한 일일 뿐인데 자신이 너무 격한 반응을 보인 것 같아 불안해졌다.

그녀는 아마 모를 것이다. 이것이 최강철이 생각해 낸 최선의 방법이었음을.

이른 바 밀당 전략.

비행기를 탈 때는 차가운 냉기가 폴폴 흘릴 정도로 쌀쌀맞던 서지영은 옆자리에 탄 최강철이 계속해서 말을 붙이며 자신의 실수에 대해 이야기를 하자 어느새 미소를 짓고 있었다.

변명치고는 너무 달콤했고 그를 잃을지 모른다는 불안감이 사라지면서 마음의 평온함이 찾아왔기 때문이다.

"학교가 방학하면 무조건 뉴욕으로 넘어올 테니까 걱정하지 마."

"알았어. 그 이야기 그만해. 남자가 같은 말 계속하면 실없어 보여."

"그런가?"

"그런데 그 버락 오바마라는 사람은 왜 만나려는 거야? 솔직히 말해봐. 내가 지금까지 봐온 강철 씨는 아무런 이유 없이 사람을 만나지 않았어. 분명 무슨 이유가 있을 거야. 그렇지?"

"아니야, 그 사람, 너무 괜찮은 것 같아서 친해지고 싶었을 뿐이야. 지영 씨도 만나 보면 자연스럽게 알게 될 거야."

사실을 말해줄 필요는 없다.

오바마가 나중에 가장 결정적인 순간 미합중국의 대통령이 될 것이란 사실을 알면 그녀는 아마 놀라 까무러칠 것이다.

최강철이 사람을 이렇게 쉽게 찾을 수 있는 건 뉴욕에서 가장 커다란 사립 탐정 사무소를 이용하기 때문이었다.

최근 들어 사립 탐정 사무소들이 우후죽순처럼 생기고 있었는데 '시크릿'은 소속된 인원만 해도 20명이 넘었다.

그렇기에 버락 오마바를 찾는 건 일도 아니었다.

하버드에 다닌다는 것 하나만 가지고도 그들은 정확하게

버락 오바마의 집 주소와 로스쿨 일정까지 파악해서 가져왔던 것이다.

메사추세츠주 케임브리지에 도착한 두 사람은 그 날 곧바로 하버드를 찾아갔다.

아침 일찍 출발했는데도 하버드에 도착했을 때는 이미 해가 뉘엿뉘엿 지고 있었다.

로스쿨 사무실로 찾아간 최강철이 문을 열고 들어서자 3명의 남녀가 대화를 나누다가 무슨 일이냐는 듯 그들을 바라보았다.

"안녕하세요. 저희들은 사람을 찾아왔습니다. 혹시 버락 오바마 씨가 어디 계신지 알 수 있을까요?"

"무슨 일로 그를 찾으시죠?"

"그분과 할 이야기가 있어서요. 저는 최강철이란 사람입니다. 혹시 어디 계신지 아시면 연락을 해주겠습니까?"

"어… 최강철… 혹시 허리케인!"

처음에는 몰라봤던 게 분명했다.

하지만 그중 한 명의 표정이 서서히 변하더니 말을 떠듬거리며 놀람에 찬 경악성을 터뜨렸다.

"맞습니다. 제 별명이 허리케인이죠."

"어이구!"

앞에 있던 남자가 펄쩍 뛰자 뒤에 있던 남자와 여자가 동시에 입을 떠억 벌렸다.

허리케인은 현재 스포츠계에서 살아 있는 전설, 판타스틱 4와 어깨를 나란히 할 정도로 엄청난 인기를 끌고 있는 빅스타였다.

더군다나 맨 앞에 있던 제이콥은 최강철의 경기라면 사족을 못 쓸 정도로 광팬이었기에 정체가 확인되자 비명부터 질렀다.

"허리케인, 영광입니다. 당신을 이런 곳에서 만나게 될 줄이야……."

제이콥이 다짜고짜 다가와 최강철의 손을 잡아왔다.

그의 행동은 죽었던 할아버지가 다시 살아 돌아온 것처럼 반가움으로 가득 차 있었다.

팬이라며 좋아죽겠다는 표정을 짓는데 모른 체할 수 없어 그의 손을 잡고 한참 동안 서 있었다.

제이콥은 자신이 하버드 로스쿨에서 공부하는 대학원생이라고 소개를 했는데 뒤에 서 있던 사람들은 사무실의 직원들이었다.

"제이콥, 저는 오바마 씨를 보고 싶습니다. 그를 아시나요?"

"그럼요, 그 친구는 저와 가장 친한 친구 사이입니다. 지금 마지막 수업 중이니까 조금 후면 만날 수 있을 거예요. 10분 정도면 끝날 테니 앉아서 잠시 기다리시겠어요?"

"아, 그렇군요. 그럼 신세를 지겠습니다."

제이콥은 유쾌한 사람이었다.

하버드 로스쿨 학생답지 않게 처음 본 사이임에도 격식을 차리지 않았는데 손수 차까지 내오며 흥분을 감추지 못한 채 떠들어댔다.

그는 허리케인을 만났다는 사실이 아직도 실감나지 않는 모양이었다.

"저를 찾으셨다고요?"

열심히 떠들던 제이콥이 시계를 보더니 총알같이 뛰어나간 후 얼마 지나지 않아 흑인 청년과 함께 들어왔다.

최강철은 자신에게 의아한 표정으로 묻는 사내를 유심히 바라보다가 희미한 웃음을 지었다.

버락 오바마의 장년 모습은 수도 없이 봤지만 아직 결혼조차 하지 않은 청년의 모습을 보게 되자 자신도 모르게 웃음이 나왔다.

찐빵처럼 부풀어진 머리, 검지만 탄력 넘치는 어린 얼굴, 그는 이제 자신보다 겨우 3살 많은 29살의 청년이었다.

"안녕하십니까, 오바마 씨. 이렇게 불쑥 찾아와서 죄송합니다."

"허리케인, 나는 정말 당황스럽습니다. 당신을 내 눈으로 직접 보고 있다는 게 더없이 영광스럽지만 도무지 지금 이 상황을 이해할 수 없거든요."

"하하, 그러실 겁니다. 내가 당신을 찾아온 이유는 당신이 쓴 자서전을 읽었기 때문입니다. '내 아버지로부터의 꿈'이란 자서전을 우연히 읽고 꼭 당신을 보고 싶어서 먼 길을 달려왔습니다."

"정말 내 글을 읽었단 말입니까?"

"그렇습니다."

"내 글은 아직 출판도 되지 않았는데 어떻게 당신이 내 글을 읽을 수 있었단 말입니까. 나는 그 말을 믿지 못하겠습니다."

"지인을 통해 우연히 얻었습니다. 당신이 출판사에 의뢰했던 원고를 제가 보게 된 것입니다."

"헉!"

버락 오바마가 놀람을 숨기지 못했다.

자서전을 완성하고 혹시 출판이 가능한지 타진한 곳은 한 군데밖에 없었다.

하지만 출판사는 아직 새파랗게 어린 그의 자서전을 출판해 줄 생각이 없었기에 포기하고 있던 차였다.

원고를 아직 돌려받지 못했는데 출판사에서는 그보고 직접 가져가라며 우편으로 배달해 주는 걸 거부하고 있었다.

그런데 허리케인이란 대스타가 자신의 글을 감명 깊게 읽고 찾아왔다고 하니 기가 막혀 말도 안 나왔다.

"오바마 씨, 나와 저녁을 같이하면서 글에 대해 이야기할 수 있는 영광을 주실 수 있을까요?"

"저와 같이 식사를 하자는 말입니까?"

"왜요, 다른 약속이 있나요?"

"아닙니다. 그렇지 않아도 지금 저녁을 먹으러 나갈 생각이 었습니다."

"아, 다행입니다. 제이콥 씨, 당신도 같이 가시죠. 오늘은 제가 만든 자리니 최고급 식당에서 가장 맛있는 음식을 쏘겠습니다."

최강철이 화통하게 말을 하자 버럭 오바마와 제이콥이 동시에 어쩔 줄을 몰라 했다.

허리케인을 만난 것도 영광인데 밥까지 사겠다고 하자 가슴이 벅차올라 당황함을 감추지 못했다.

일행은 다운타운으로 나가 오바마가 안내한 식당으로 들어갔다.

정말로 가장 비싼 식당에서 최고의 대접을 해주고 싶었으나 오바마는 자신이 즐겨가는 허름한 식당으로 그들을 안내했다.

자서전을 읽고 왔다는 거짓말을 했기 때문에 식사를 하면서 주로 한 이야기는 그의 글에 관한 것들이었다.

완벽한 거짓말은 아니었다.

오바마가 쓴 자서전 '내 아버지로부터의 꿈'은 한때 베스트셀러로까지 판매되었기 때문에 전생에서 읽어본 적이 있었다.

29살에 불과한 청년이 쓰기에는 꽤나 심오했던 글이었고, 그때 처음으로 오바마가 케냐 출신 아버지와 미국 어머니 사이에서 태어난 혼혈이란 걸 알았다.

과거에 읽었던 그의 글에 대한 기억을 더듬으며 대화를 나눴다.

생생하게 기억이 나지 않았지만 그것만으로도 충분했다.

버락 오바마는 이야기하는 걸 좋아하는 사람이었기에 화두만 던져주면 자신의 생각을 여과 없이 이야기하며 최강철의 고민과 걱정을 덜어주었다.

뭔가 생각하는 게 다르다.

아직 새파랗게 어렸음에도 삶의 철학과 꿈꾸는 세상에 대한 의지가 확고해서 최강철과 서지영은 그의 이야기를 들으며 끊임없이 고개를 끄덕였다.

정치가로 성장하기에 조금의 부족함도 없을 만큼 달변이었고 사람을 설득하는 능력도 대단했다.

얼마나 시간이 지났을까.

식사가 끝나고도 한동안 이야기를 주고받던 최강철이 힐끔

시계를 본 후 오바마를 향해 시선을 던졌다.

"오바마 씨, 저희는 이곳에서 5일 동안 머물 예정입니다. 당신과의 만남이 저에게는 그만큼 소중하기 때문에 일정을 넉넉하게 잡고 왔습니다. 오늘은 벌써 10시가 훌쩍 넘었군요. 저는 당신과 내일 다시 만나고 싶은데 괜찮을까요?"

"좋습니다. 하지만 불행하게도 내일은 제가 조금 바쁩니다. 그래서 오후에는 시간이 없군요. 괜찮다면 저녁이 어떨까요?"

"내일은 토요일이라 수업이 없지 않나요?"

"수업 때문이 아니라 개인적인 약속이 잡혀 있거든요. 빠질 수 없는 약속이라 어쩔 수가 없습니다."

버락 오바마가 안타까운 표정을 숨기지 못했다.

원칙을 지키는 그의 성격이 지금 이 순간 그대로 드러나고 있었다.

세계를 들썩거리게 만든 대스타, 허리케인이 자신을 만나기 위해 먼 길을 달려왔어도 그는 선약을 깰 생각이 전혀 없는 것 같았다.

그랬기에 최강철은 미소를 지으며 입을 열었다.

"오바마 씨, 실례가 아니라면 무슨 약속인지 알 수 있겠습니까?"

"나는 매주 토요일과 일요일은 오후에 농구를 한답니다. 내가 가장 좋아하는 운동이거든요. 제가 빠지면 팀의 성적에 문제가 생겨서 도저히 빠질 수가 없어요. 미안합니다."

"그렇다면 내일 시합이 잡혀 있는 거군요?"

"그렇습니다."

"나도 같이하면 안 될까요?"

"예?"

최강철의 제안에 버락 오바마가 황당한 표정을 숨기지 못했다.

복싱의 황제 허리케인이 자신과 농구를 하고 싶다는 말을 하자 그는 잘못 들었나 귀까지 후벼댈 정도였다.

"농구라면 나도 한가락 합니다. 문제가 안 된다면 당신과 같이 뛰어보고 싶네요. 부탁합니다. 같이 뛰게 해주시면 안 되겠습니까?"

＊   ＊   ＊

세상에는 잘 알려져 있지 않았으나 버락 오바마는 고등학교 시절 선수 생활까지 했을 정도로 농구를 잘했다.

프로에 가지 않은 이유는 알 수 없었지만 그가 다닌 고등학교가 주 대회에서 우승할 만큼 뛰어난 실력을 가지고 있었다.

그런 그였기에 매주 하버드 대학생과 로스쿨 대학원생들로 구성된 농구 경기에 반드시 참석했다.

하버드에는 6개의 농구 클럽이 있었는데 매주 돌아가면서 리그전을 치렀기 때문에 버락 오바마의 주말은 언제나 코트와 함께했다.

최강철은 고등학교 시절 이성일과 함께했던 농구를 생각하고 덤볐다가 완전 바보가 되고 말았다.

그들의 농구 수준은 상상한 것보다 훨씬 뛰어났다.

그러나 그것이 오히려 버락 오바마와 그 일행들을 즐겁게 만들었다.

천하의 허리케인도 오랫동안 농구를 하면서 호흡을 맞춰온 사람들에게는 상대가 되지 않았는데 그럼에도 최강철은 최선을 다해 뛰며 경기를 망치지 않기 위해 노력했다.

최강철이 코트에 나타났을 때 클럽 선수들은 전부 환호성을 지르며 그를 반겨주었다.

믿겨지지 않은 일을 보고 사람들은 기적이 벌어졌다고 한다.

그들에게는 최강철의 출현과 그와 함께했던 유쾌한 농구 시합이 바로 기적이었다.

꿈같은 5일의 여정.

최강철은 버락 오바마와 두 번의 농구 경기를 했고 4번이나 같이 식사를 했으며 밤늦도록 이틀 동안 술을 마셨다.

떠나는 날, 버락 오바마는 공항까지 배웅을 나왔다.

헤어짐에 대한 서운함이 그의 얼굴에, 그리고 온몸에 절절히 배어 있었다.

그런 그를 향해 최강철이 손을 내밀었다.

"오바마 씨. 우린 친구가 된 거 맞죠?"

"그럼요. 그렇고말고요."

"계속해서 말했지만 난 당신의 사상을 존경합니다. 인종에 얽매이지 않고 세상과 하나가 되려는 당신의 철학은 전 세계를 행복하게 만들 것입니다. 나에게 당신의 가족과 앞으로의 계획에 대한 이야기를 들려줘서 고맙습니다."

"부끄러운 말씀입니다. 오히려 제가 고마울 따름입니다. 영웅이라 불리는 당신과 5일이란 시간을 보냈으니 난 죽을 때까지 이 날들을 잊지 못할 겁니다."

"다시 찾아와도 되겠죠?"

"왜 그런 말씀을… 허리케인이 온다면 난 언제나 환영입니다. 당신과 함께 있는 시간들이 나에게는 더없는 영광입니다. 언제든지 와주세요. 기다리고 있겠습니다. 나는 당신과의 우정이 계속되기를 바랍니다."

굳게 악수를 하고 돌아섰다.

인연이란 우연히 만들어지기도 하지만 일부러 만들어지기도 한다.

버락 오바마를 만나 이렇게 시간을 보낸 이유는 간단하고

도 매우 중요했기에 이런 방법을 선택했다.

마키아벨리는 '목적은 수단을 정당화시킨다'란 말을 남겼다.

다른 사람은 어떻게 생각할지 모르나, 나는 그 말이 틀렸다고 생각하지 않는다.

최강철이 더 럼블의 돈 킹과 만난 것은 하버드에 다녀온 후 일주일이 지났을 때였다.

하나씩 정리를 해나간다.

돌아가기 위해서는 확실하게 해놓아야 할 것들이 있었다.

미국에 처음 왔을 때 공항에조차 나와 보지 않았던 돈 킹은 이제 최강철이 뜨자 사무실 밖에까지 뛰어나왔다.

"허리케인, 기다리고 있었네. 들어가세."

그를 따라 사무실로 들어가자 번쩍번쩍한 실내 장식이 눈으로 들어왔다.

이렇게 사는구나.

더 럼블에는 몇 번 와봤지만 돈 킹의 사무실은 처음이었는데 그가 황제처럼 멋지게 사는 걸 보자 입술 끝이 움직였다.

부자들은 자신이 직접 움직이는 것이 아니라 남을 움직여 돈을 번다고 했는데 돈 킹은 선수들의 피와 눈물로 이렇게 호화로운 삶을 살고 있었다.

고급스러운 소파에 앉자 아름다운 금발의 미녀가 커피를 가져왔다.

"충분히 쉬었나. 몸은 좀 어때?"

"좋습니다."

"그렇지 않아도 자네의 승리를 축하하기 위해 파티를 열려고 하던 참이었네. 아름다운 미녀들과 가수들이 출연하는 대규모 파티야. 더 럼블이 복싱계에서 가장 잘나가는 프로모션이라는 걸 이 기회에 확실하게 알릴 생각이네. 그래서 기자들과 할리우드의 스타들을 대거 초청할 계획일세."

"언제 말입니까?"

"한 달 후로 예정하고 있네. 이곳 뉴욕 컨버터호텔 파티 룸을 통째로 빌려서 할 생각이야."

"그렇군요. 제가 참석해야 돈 킹 씨의 면이 서겠죠?"

"당연한 거 아닌가? 이 파티는 자네를 위한 건데 주인공이 참석하지 않으면 무슨 의미가 있겠나."

"후후… 알겠습니다."

최강철이 미묘한 웃음을 흘리며 대답하자 돈 킹의 얼굴이 슬쩍 굳어졌다.

자신이 보유하고 있는 선수들의 숫자는 거의 100여 명에 달했지만 상대하기 가장 까다로운 놈이 바로 눈앞에 있는 최강철이었다.

도대체 무슨 생각을 하는지 알 수 없다.

담대할 뿐만 아니라 어떤 때는 여우처럼 비상하게 머리가 돌아갔고, 어떤 때는 노회한 정객과 마주한 것처럼 처신하기 어려웠다.

그랬기에 돈 킹은 최강철을 상대하면서 진심으로 대했다.

이런 자에게는 서투른 거짓과 위선은 통하지 않는다는 걸 경험으로 알고 있기 때문이었다.

"허리케인, 이제 말해보지. 그래, 나를 보자고 한 이유가 뭔가?"

"돈 킹, 나는 한국으로 돌아갈 생각입니다. 돌아가서 학업을 시작할 계획이에요."

"언제 말인가?"

"2월 초에 돌아갈 겁니다."

"나는 도대체 이해하지 못하겠구만. 자네는 세계 챔피언일세. 그런 자네가 갑자기 무슨 공부를 한다고 그러는 건가?"

"사람마다 생각하는 것이 다르니까요. 그래서 말인데… 다음 시합은 제 방학에 맞춰서 일정을 잡아주십시오. 앞으로 저는 1년에 2번씩 시합을 하겠습니다."

"방학 때 미국으로 넘어올 거란 말이지?"

"그렇습니다. 걱정은 하지 마세요. 시합이 잡히면 한국에서 훈련할 테니까요."

"자네가 그렇게 하겠다면 어쩔 수 없지. 알았네, 그렇게 준비하지."

"그리고 그건 알아보셨습니까?"

돈 킹이 어깨를 으쓱하며 특유의 제스처를 취하자 최강철이 슬며시 얼굴을 굳혔다.

경기가 끝나자마자 요청했던 일이 어떻게 진행되고 있는지 알고 싶었기 때문이다.

복싱을 시작하면서 언제나 꿈꾸었던 열망.

바로 판타스틱4와의 시합이다.

하지만 그건 그만의 바람만은 아니었다.

오히려 지금 이 시점에서는 돈 킹의 바람이 더 클지도 몰랐다.

그들과 허리케인의 대결은 꿈의 대결이 될 것이고 천문학적인 돈벌이가 될 것이 분명했다.

"우리에게는 옵션이 두 가지가 있네. 판타스틱4 중에서 웰터급에 남아 있는 건 듀란뿐이야. 자네도 알다시피 레너드는 은퇴했고 헌즈와 헤글러는 슈퍼 웰터급과 미들급에서 뛰고 있네. 그렇기 때문에 듀란전이나 WBC 챔피언 허니건과의 통합 타이틀전에 총력을 기울일 생각일세."

"어떤 게 더 가능성이 있습니까?"

"듀란전일세. 허니건은 5개월 후에 방어전이 이미 잡혀져 있어. 하지만 듀란은 지금 놀고 있으니 충분히 가능해. 듀란은 자네의 타이틀을 욕심내고 있으니까 조건만 맞으면 싸우려고 덤벼들 걸세."

"그럼 그렇게 추진해 주십시오."

"허리케인, 그런데 말일세. 조금 늦추는 건 어떻겠나? 자네는 이제 통합 챔피언에 올랐으니 방어전을 한두 차례 치르고 싸우는 게 어때?"

"돈 때문에 그러시는 겁니까?"

"자네는 매번 정곡을 찌르는구만."

"맹수는 먹이를 잡을 때 싸운다고 표현하지 않습니다. 그것은 그저 일상에 불과할 뿐이지요. 맹수는 맹수와 싸워야 초원을 주름잡는 황제가 될 수 있습니다. 돈 킹, 나는 황제가 되고 싶을 뿐 초원의 변방에서 떠도는 하이에나가 될 생각은 조금도 없습니다."

"과연 허리케인이야. 자네 말을 들으니 내 심장까지 뜨거워지는군. 알겠네, 그렇게 준비하지."

*   *   *

윤성호는 황인혜의 아파트에서 저녁을 먹고 9시가 넘어서 들어왔다.

서로를 탐했다.

시합 때문에 한동안 못봤기 때문에 그들은 만나기만 하면

뜨겁게 부딪쳤다.

황인혜는 뉴욕대를 나온 인텔리 중의 인텔리 여성이었지만 윤성호와 잠자리를 할 때면 누구보다 뜨거운 여자로 변했다.

하지만 오늘따라 윤성호의 표정은 그리 밝지 않았다.

데이트할 때도 그랬고 섹스를 할 때도 욕망에 사로잡힌 모습이 아니었다.

윤성호의 입이 슬쩍 열린 것은 황인혜가 눈을 사르륵 감으며 그의 품속으로 파고들 때였다.

"인혜 씨, 난 한 달 후면 돌아가. 시간이 얼마 남지 않았어."

"알아요."

"난… 인혜 씨를 두고 돌아가고 싶지 않아. 이대로 떠나기에는……."

이제 시간이 없었다.

지나온 6년 동안 진심으로 사랑했던 여자였고 모든 희생을 감수하더라도 얻고 싶은 여자였다.

정말 말도 안 되는 만남과 사랑이었다.

고등학교밖에 나오지 않은 그와 다르게 황인혜는 엘리트의 산실이라는 뉴욕대까지 나온 재원이었다.

처음에는 워낙 차이 나는 환경으로 인해 올려다보지 못할 나무라고 생각했다.

그랬기에 퉁명스럽게 대했고 티격태격 싸우기도 많이 했다.

그러나 그런 순간이 쌓이면서 점점 그녀를 생각하는 시간이 많아졌고 가슴이 아프기 시작했다.

얼마나 떨렸던가.

자신의 몸을 그녀가 처음 받아들여 주었을 때의 그 순간은 죽을 때까지 잊지 못할 감동이었다.

시간이 지나고 서로가 서로를 사랑한다는 걸 확신했을 때 윤성호는 그녀에게 프러포즈를 했다.

복싱을 했던 사람답게 단순하고 강렬한 프러포즈였다.

하지만 그녀의 대답은 단호한 거절이었다.

이유를 물었으나 그녀는 끝까지 대답해 주지 않았다. 지금 이대로의 삶. 그녀는 지금처럼 살고 싶다며 끝내 그와의 결혼에 응하지 않았기에 윤성호의 가슴은 점점 새까맣게 타들어 가고 있었다.

이제 얼마 있지 않으면 한국으로 돌아갈 시간이 다가오기에 그의 고통은 점점 더 커져갈 수밖에 없었다.

그럼에도 품속에 안긴 그녀는 여전히 고개를 흔들었다.

"똑같은 이야기 반복하고 싶지 않아요. 강철이 방학 때면 돌아온다면서요. 우린 그때 보면 되잖아요."

"나는 당신을 우리 부모님께 보여 드리고 싶어. 당신들의 며느리라고 보여주고 싶단 말이야. 내가 사랑하는 사람이고 이 사람을 위해 죽을 수도 있다는 걸 결혼이란 약속 안에서 확인하고 싶어."

"왜 자꾸 그래요. 싫다고 했잖아요!"

윤성호의 목소리가 올라가자 가만히 듣고 있던 황인혜의 몸이 가슴에서 빠져나가며 침대에서 일어났다.

단호하다.

그녀는 타월로 자신의 몸을 감싸며 차가운 태도로 샤워를 하려는 듯 걸어 나갔다.

그때 어느새 몸을 일으킨 윤성호의 입에서 벼락같은 고함이 터져 나왔다.

"내가 키울게! 내가 키우면 되잖아! 내가 던킨의 아빠가 되어줄게. 자폐아가 뭐가 대수라고 그렇게 바보처럼 굴어. 그리고 난 당신이 더 이상 아이를 갖지 못한다는 거 아무런 상관 없어. 난 괜찮다고!"

"당신이 어떻게 그걸······."

욕실을 향해 걸어가던 황인혜의 몸이 거짓말처럼 멈춰 섰다.

부르르 떨리는 그녀의 등.

충격을 받았는지 그녀의 등은 눈에 보일 정도로 떨리고 있었다.

그녀를 바라보며 일어선 윤성호는 더 이상 아무런 말도 하지 않은 채 주섬주섬 옷을 주워 입었다.

그런 후 방문까지 걸어가 아직도 제자리에 서서 꼼짝하지 못하는 그녀의 등을 향해 마지막 말을 남겼다.

"일주일 후에 베아뜨리체에서 기다릴게. 이번에도 나는 반지와 꽃다발을 들고 갈 거야. 이번이 마지막이야. 그때… 나타나지 않거나 내 청혼을 받아들이지 않는다면 난 더 이상 인혜 씨 안 볼 생각이야. 너무 아파서 이젠 견딜 수가 없거든. 갈게. 잘 자."

*　　　　　*　　　　　*

윤성호는 베아뜨리체에 앉아 그녀를 기다렸다.

그들이 데이트할 때마다 항상 앉았던 창가의 구석자리였다.

세 번의 청혼을 했으나 매번 거절당했지만 그는 황인혜를 결코 포기할 수 없었다.

이유를 알고 싶었다.

그랬기에 최근 최강철이 뉴욕의 탐정 사무소와 거래를 한다는 걸 알고 몰래 그곳을 찾아가 그녀에 대한 의뢰를 했다.

비용은 비쌌으나 불과 열흘 만에 그들은 그녀의 모든 것을 알아 왔다.

탐정 사무소에서 내민 보고서를 보면서 가슴이 아파 눈물이 나왔다.

그녀에게는 10살짜리 아들이 하나 있었고 선천적인 자폐아로 지금 특수학교 기숙사에 머물고 있는 중이었다.

하지만 그것은 아무것도 아니었다.

보고서에는 결혼한 지 3년 만에 남편과 딸이 교통사고로 죽었다는 것과 사고의 충격으로 인해 그녀가 아이를 갖지 못하게 되었다는 내용까지 담겨 있었다.

화려한 삶을 살고 있는 것처럼 보였던 그녀에게는 일반인이 상상할 수 없는 고통스러운 과거가 숨겨져 있었다.

그녀가 그토록 자신의 청혼을 받아들이지 않으려던 이유를 알게 되자 망설임이 찾아왔다.

이미 결혼을 했었고 자폐아 아들을 둔 여자와의 결혼은 쉽게 결정할 수 있는 것이 아니었다.

이런 사실을 만약 시골에 계신 부모님이 아시면 어떠실까.

하지만 그의 망설임은 오래 가지 않았다.

사랑은 그런 거다. 여자를 사랑한다는 것은 단순한 쾌락을 얻기 위한 것이 아니라 자신의 영혼을 따뜻하게 만들어줄 사람을 만나는 것이다.

그리고 황인혜는 그에게 그런 자격이 충분한 여자였다.

그녀의 고통과 슬픔을 어루만져 주고 싶었고 그녀와 남은 생을 함께하고 싶었다.

창밖을 바라보며 그녀가 오기를 기다렸다.

그녀에게 남겼던 말처럼 그녀가 오지 않거나 오늘도 프러포즈를 받아들이지 않는다면 두말없이 일어나 떠날 생각이었다.

이미 주사위는 던져졌다.

그녀는 자신의 불행한 과거를 그가 알았을 때 둘 중의 하나를 선택해야 될 것이다.

하나는 자신과 함께하는 것이고 다른 하나는 그녀가 먼저 그를 떠나는 것이었다.

어쩌면 영악한 짓이었는지 모른다.

자신이 먼저 떠나겠다고 한 것은 어쩌면 그녀로부터의 이별 통보를 듣지 않고 싶어 했던 몸부림이었는지도 모른다.

약속했던 시간이 1시간이나 지났으나 윤성호는 자리에 앉아 꼼짝하지 않았다.

마지막이라면, 이 순간이 마지막이라면 이 기다림에 담겨 있는 희망과 기대의 끈을 쉽게 놓고 싶지 않았다.

간절하게 담배가 피우고 싶었다.

담배를 끊은 지 3년이나 지났음에도 초조한 시간은 그에게 담배를 빨아들이고 싶다는 강렬한 욕구를 만들어냈다.

딸랑.

문이 열리는 소리가 들렸다.

자연스럽게 눈이 돌아갔으나 사람의 모습은 보이지 않았다.

칸막이로 가로막힌 출입구는 문이 열렸음에도 사람을 쉽게 보여주지 않아 윤성호를 긴장되게 만들었다.

자리에서 벌떡 일어나 사람의 모습이 보이기를 기다렸다.

그녀라는 확신. 비록 2시간이나 지났지만 그는 지금 들어온 사람이 그녀일 거란 확신이 들었다.

이윽고 칸막이 사이로 그녀의 모습이 보였을 때 윤성호의 몸이 스르륵 자리에 주저앉았다.

또각또각.

다가오는 그녀의 구두 소리가 윤성호에게는 마치 천둥처럼 들렸다.

"당신은 여전히 바보군요. 2시간이나 지났는데 아직도 기다리고 있으면 어떻게 해요."

"인혜 씨 예쁘다. 오늘따라 더⋯⋯."

"그 꽃 나 줄려고 가져온 거죠?"

"응."

"주세요."

앞자리에 앉은 황인혜가 손을 내밀어 꽃을 달라고 말했다.

윤성호의 손이 부들거리며 옆에 놓아두었던 꽃을 들었다. 그러고는 천천히 그녀를 향해 내밀었다.

그러자 그녀의 얼굴에서 희미한 미소가 피어올랐다.

"원래 청혼할 때는 무릎을 꿇고 멋지게 하는 거예요. 하지만 내가 늦게 왔으니까 오늘은 봐줄게요. 너무 탓하지 마요. 앞으로 오랜 시간 동안 먼 길을 가는데 이 정도 망설임은 봐줄 수 있는 거잖아요. 안 그래요?"

"응, 으응."

"그런데 반지는 어디 있어요. 그것도 주세요."

"어… 어, 여기 있어."

"반지가 당신을 닮았네요. 뭉툭하고 바보스럽게 보여요. 그런데 이상하게 나랑 어울리는 것 같아요. 나도… 당신을 오래 만나다 보니 그렇게 변했나 봐요. 이제 해봐요."

"뭘?"

"프러포즈해야죠. 그래야 대답하든지 말든지 할 거 아니에요."

그녀의 시선이 불타는 것 같았다.

열정이다. 그리고 사랑이 담겨 있는 시선이었다.

윤성호는 그녀의 눈을 한참 동안 바라보다가 천천히 입을 열었다.

"인혜 씨 나와 결혼해 줘. 당신의 남은 인생 내가 행복하게 해줄게. 나와 결혼해 줄래?"

"좋아요. 할게요. 당신과… 함께할게요……."

여자는 행복한 순간이 찾아오면 운다.

지금의 황인혜처럼.

울음 속에서 피어난 그녀의 웃음은 더없이 아름다워 베아뜨리체를 환하게 밝혀줄 만큼 눈부신 것이었다.

모든 것이 똑같다.

언제 어느 장소든 주인공은 맨 마지막에 나타나는 법이다.

최강철은 파티가 벌어지는 컨버터호텔 파티 룸을 향해 걸어 나갔다.

컨버터호텔은 뉴욕에서 가장 크고 화려한 것으로 알려져 있었는데, 정재계에서 벌이는 대규모 파티들이 이곳 파티 룸에서 벌어지곤 했다.

파티의 시작은 오후 6시부터였으나 최강철은 윤성호와 이성일을 대동하고 30분 늦게 도착했다.

호텔의 입구에서 파티장까지의 거리는 300m.

돈 킹은 호언했던 것처럼 성대한 파티를 열었기 때문에 파티장으로 가까이 갈수록 턱시도와 아름다운 드레스를 입은 사람들의 모습이 많이 보였다.

최강철은 검은색 정장에 노타이 차림이었다.

복서가 다른 사람들처럼 턱시도를 매는 건 어울리지 않다고 생각했기 때문이다.

최강철이 그렇게 입자 윤성호와 이성일도 비슷하게 입었다.

"강철아, 관장님도 장가간다는데 오늘은 나를 적극 밀어줘라. 우리 인간적으로 너무한 거 아니냐. 전부 짝이 있는데 나만 없잖아. 이건 같은 팀으로서 절대 있어서는 안 될 일이야."

"어떻게 밀어줘야 되는데?"

"내가 찍으면 네가 움직여. 가급적 이곳에서 가장 아름다운 여자와 사귈 수 있도록 해봐."

"미친놈."

처음부터 말도 안 되는 이야기를 들은 게 잘못이다.

이놈은 자신의 주제를 너무 과대평가하기 때문에 이날 이 때까지 애인을 만들지 못하고 있다는 걸 잠시 잊었다.

그들 일행이 지나갈 때마다 사람들이 손을 들어 반가움을 표시했다.

파티장에 들어서자 멀리서 돈 킹이 뛰어오는 게 보였다.

그는 늦게 도착한 그를 눈이 빠지게 기다리고 있었던 모양이다.

"이 사람아, 왜 이리 늦었어?"

"조금 늦을 거라고 미리 말했잖습니까."

뻔뻔하게 말했다.

주인공은 원래 늦는 거라고 말했다가는 머리털이 전부 뽑힐지도 모른다.

돈 킹은 그가 들어서자 10여 명으로 구성된 악단의 음악을 중지시키며 무대로 이끌었다.

"여러분, 오늘의 주인공 허리케인입니다. 환영의 박수를 보내주십시오."

마이크를 잡은 돈 킹이 소개를 하자 몰려 있던 기자들이 마구 플래시 불빛을 터뜨렸다.

다른 사람들은 몰라도 그들은 밥벌이를 하기 위해 이곳에 온 사람들이다.

허리케인의 파티 장면은 그들로 인해 내일 신문지면을 가득 채울 것이 분명했다.

"부끄럽게도 돈 킹 씨께서 제 승리를 축하하기 위해 파티를 열어주셨습니다. 오늘 오신 모든 분들께 감사드리며 즐겁고 행복한 시간이 되시기를 바랍니다."

최강철은 짧게 인사를 마친 후 무대에서 내려왔다.

이런 파티에서는 촌스럽게 여러 소리를 하는 게 아니다.

하고 싶은 말은 하고 싶은 사람과 조용히 만나서 대화를 하는 게 상류 사회 파티의 법도다.

돈 킹이 준비한 무대는 다양했다.

제법 유명한 가수들이 3명이나 초대되었고 분위기를 끌어 올리는 댄스 팀까지 나왔기 때문에 참석한 사람들은 즐거운 시간을 보낼 수 있었다.

최강철은 무대에서 내려와 돈 킹의 소개로 많은 사람을 만났다.

정재계에서 방귀깨나 뀐다는 자들을 소개받았지만 이름조

차 외우지 않고 형식적인 인사만 나눴을 뿐이다.

화려한 파티장이 더욱 빛나는 것은 아름다운 미녀들이 득실거렸기 때문이다.

돈 킹은 정재계 인사들을 초청하면서 그들을 즐겁게 만들기 위해 잘나가는 여자 모델들과 배우들을 파티에 참석시켜 분위기를 끌어 올렸다.

전 세계 어디를 가든 아름다운 미녀들이 참석한 파티는 분위기가 뜨거울 수밖에 없다.

강한 힘을 가진 수컷들은 여자를 좋아했고 아름다운 여자들은 돈과 명예를 가진 자들에게 약한 법이니, 오늘 파티가 끝나면 주변의 호텔 룸은 이들로 인해 북적일지도 모른다.

최강철은 한곳에 오래 머물지 않았다.

모르는 자들과 오래 이야기하고 싶지 않았기 때문인데 그럼에도 돈 킹의 안면을 세워주기 위해 주요 인사들과는 전부 돌아가며 인사를 했다.

어느 정도 인사가 끝나자 겨우 숨을 돌리고 한쪽 구석에서 화이트 와인을 들어 올렸다.

그때 사라졌던 이성일이 슬금슬금 다가왔다.

"강철아, 저기 봐라. 아그네스다."

"어, 저 여자가 여길 왜 왔지?"

"아그네스만 온 게 아니야. 브리짓트와 프란시스도 왔어. 할리우드 스타들을 초대한다더니 꽤 많이 왔더라."

"넌 여자만 보고 다녔냐?"

"당연하지. 오늘 여기 물 좋네. 완전히 끝내줘."

"이 자식아, 좋으면 뭐 해. 너한테는 그림의 떡인데."

"그림의 떡은 무슨. 따라와. 그림의 떡이 아니라는 걸 보여 줄 테니까. 이 기회가 아니면 우리가 언제 저런 할리우드 스타들과 이야기해 보겠냐."

"야, 당기지 마. 술 쏟아져."

"닥치고 따라와, 인마. 약속한 거 지켜야지!"

막무가내다.

이성일이 워낙 세게 끌어당겼기 때문에 최강철은 들고 있던 화이트 와인 잔을 얼른 내려놓고 따라갈 수밖에 없었다.

아그네스가 있는 곳은 그리 멀지 않았다.

그녀는 그들과 10m 정도 떨어진 곳에서 친구로 보이는 여자와 이야기를 나누고 있었는데 최강철이 다가서자 묘한 미소를 짓는 게 보였다.

아그네스는 지금 할리우드의 샛별로 각광받는 신인 배우로서 특유의 섹시함으로 남자들에게 많은 인기를 끌고 있는 여자였다.

그런 그녀가 자신을 바라보며 묘한 웃음을 짓자 기분이 이상했다.

여자라면 사족을 못 쓰는 이성일도 막상 그녀와 가까워지
자 슬그머니 최강철의 뒤로 빠졌다.

가까이 갈수록 그녀의 외모가 눈부시도록 아름다웠기 때
문이다.

그랬기에 최강철은 선발 주자의 임무를 부여안고 어쩔 수
없이 멍청한 웃음을 지으며 입을 열 수밖에 없었다.

"안녕하세요. 당신은 아그네스죠?"

"미스터 허리케인, 저를 알아보시다니 고맙네요. 늦었지만
승리 축하해요."

"고맙습니다."

"가까이서 보니 더 매력적이시네요. 저는 허리케인의 광팬
이에요. 당신의 경기는 안 본 게 없을 정도랍니다. 신문에서도
보도했는데 못 본 모양이네요. 제가 당신을 이상형이라고 말
한 게 스포츠라인에 보도된 거 못 봤나요?"

"이런, 그걸 왜 내가 못 봤을까요. 봤다면 제일 먼저 당신에
게 달려왔을 텐데요."

"호호… 지금이라도 와서 다행이에요."

"옆에 계신 분은 같이 오셨나요? 정말 아름다운 분이시군
요."

"제 친구예요. 코델리아라고 해요."

최강철이 화제를 돌리자 옆에 서 있던 여자가 우아하게 손

을 내밀었다.

이 여자도 예쁘다. 유유상종이라더니 코델리아는 아그네스와 다른 종류의 아름다움을 뿜어내고 있었다.

"여기 이 친구는 가장 친한 친구이자 코치를 맡고 있는 사람입니다. 인사하시죠."

맡은 바 임무에 충실했다.

뒤에서 기대에 찬 눈으로 지켜보던 놈에게 멍석을 깔아주자 이성일이 즉시 나오며 두 여자의 손을 잡았다.

그때부터 둘은 그녀들과 함께하며 시간을 보냈다.

이성일에 대한 책임감도 있었지만 따분한 인사들과 이야기하는 것보다 그녀들과 함께하는 것이 훨씬 즐거웠기 때문이었다.

얼마나 시간이 지났을까.

아그네스의 입이 슬쩍 열린 것은 이성일이 코델리아와 즐겁게 이야기를 하고 있는 걸 확인한 후였다.

굼벵이도 구르는 재주가 있다고 했는데 이성일은 의외의 선전을 벌이며 코델리아를 연신 웃음 짓게 만들고 있었다.

"허리케인, 내가 여기 온 이유는 아까 말한 것처럼 당신을 보기 위함이었어요. 다른 스케줄이 있었는데도 취소하고 왔어요. 이만하면 제 성의가 기특하죠?"

"고맙군요."

"그러니까 보상을 해주세요."

"어떻게 말입니까?"

"난 허리케인과 조금 더 가까운 사이가 되었으면 해요. 오늘밤 당신과 함께하고 싶은데 그래줄 수 있나요?"

아그네스가 말을 마치며 자신의 입술을 혀로 핥았다.

너무나 고혹적이어서 금방이라도 낚아채고 싶을 만큼 뇌쇄적인 모습이었다.

왜 남자들이 그녀에게 미치는 줄 알겠다.

"나와 사귀자는 뜻입니까, 아니면 오늘 하루 즐겁게 섹스를 하자는 뜻입니까?"

"나는 둘 다 좋아요."

"솔깃한 제안이군요. 그런데 어쩌죠. 나는 카메라 앞에서 하는 걸 별로 좋아하지 않는 답니다."

"그게 무슨 말이에요?"

그녀의 놀라는 얼굴을 보며 웃었다.

나는 결코 고리타분한 남자가 아니다.

할리우드의 떠오르는 섹시 스타가 같이 자자는데 마다할 만큼 정조 관념이 뛰어난 남자가 아니란 뜻이다.

그럼에도 그녀의 제안을 거절한 것은 자신의 삶에 오점을 남기고 싶지 않기 때문이다.

욕망을 참지 못하고 그녀의 뇌쇄적인 몸을 안는 순간 귀신

같이 따라붙는 기자들로 인해 내일이면 그녀와 묵었던 호텔의 전경 사진이 수많은 신문에 대문짝하게 나올지도 모른다.

＊   ＊   ＊

김도환은 책상에 앉아 내일 기사로 나갈 허문석의 동양 타이틀전 경기 예상평을 쓰다가 끈질기게 울리는 전화통을 신경질적으로 붙잡았다.

이런 경우가 가장 싫다.

정신을 집중하고 기사를 쓸 때 전화가 오면 생각하고 있던 내용들을 까먹는 경우가 종종 있기 때문이었다.

나이가 들면서 기억력이 자꾸 감퇴되어 방금 생각했던 것들도 되돌아서면 잊어버리는 경우가 많았다.

"여보세요?"

―김 기자님, 잘 지내셨습니까. 저 강철입니다.

"허억, 강철아!"

김도환이 비명처럼 이름을 불렀기 때문에 옆에 있던 기자들의 눈이 동시에 커졌다.

그의 입에서 나온 이름의 무게가 그만큼 컸기 때문이었다.

"네가… 어쩐 일이야. 나한테 전화를 다 주고?"

―요즘 뭐 하고 지내세요. 김 기자님이 하도 전화를 안 해

서 제가 했죠. 뭐 하시나 궁금해서요.

"뭐 하긴, 일하면서 지내지. 그런데 정말 뭔 일이니. 천하의 허리케인이 나한테 전화했을 때는 일이 생긴 거 아냐? 뭐야, 말해. 내가 해줄 수 있는 건 뭐든지 해줄 테니까."

―부탁을 드리려고 전화한 거 아닙니다.

"그럼?"

―제가 김 기자님을 형님처럼 생각하는 거 아시죠?

"그야 당연하지. 우리 강철이가 그렇게 생각해주는 거 때문에 내가 요새 잘나가잖아. 정말 고맙게 생각한다."

―고마운 건 제가 더 고맙죠. 그래서 말인데요. 다른 사람보다 먼저 김 기자님에게 알려줘야 될 것 같아서요. 저 일주일 후에 귀국합니다.

"정말… 정말이냐?"

―이제 들어가서 공부를 시작하려고요. 이번 학기에 복학할 생각이에요.

"…그럼 한국으로 아주 들어오는 거네?"

―아뇨, 방학 때는 미국으로 들어갈 거예요. 시합이 방학 때 잡힐 것 같거든요.

"방학 때 시합을 한다고? 누구랑?"

―지금 돈 킹이 추진하고 있는 건 듀란입니다. 이야기가 잘 진행된다니까 아마 협상이 성사되면 8월 달에 시합이 잡힐 것

같아요.

"이거, 기사로 내도 되는 거니?"

─그러라고 전화한 겁니다. 우리 형님, 특종 한번 때리시라
고요.

"아이고, 이 자식아. 고맙다."

─이만 끊습니다. 나중에 들어가서 봐요.

"그래, 들어와서 보자. 내가 거나하게 맛있는 거 쏠게."

전화기를 내려놓은 김도환이 손을 떼지 못하고 한동안 부
들부들 떨었다.

그러다가 쓰던 기사를 쓰레기통에 집어 던지고 국장실을
향해 달려갔다.

옆에 있던 기자들이 궁금함을 참지 못하고 같이 뛰었다.

그들 역시 허리케인이란 이름을 들었기 때문에 김도환이
뛰자 자리를 박차고 일어나 급하게 따라왔다.

콰앙!

국장실 문을 박차고 들어서자 전화를 하고 있던 국장이 놀
란 눈을 한 채 자리에서 벌떡 일어서는 게 보였다.

"국장님!"

"뭐야, 뭐, 전쟁 났어?"

"특종입니다."

"특종? 어떤 특종!"

국장이 상대방과 통화하던 손을 급히 내려놓으며 급하게 다가왔다.

그는 김도환이 특종이란 말을 하자 잔뜩 긴장된 표정을 짓고 있었다.

다른 사람도 아니고 김도환이다.

김도환은 최강철과 형님 동생 하는 사이라 요즘 스포츠서울의 판매 부수를 전담하다시피 하는 보물이었다.

그를 다음 달에 부장으로 승진시키는 것도 그동안 세운 공로 때문이었다.

"최강철이 다음 주에 완전 귀국한답니다. 귀국해서 서울대에 복학한다네요."

"정말이야! 우와, 웬일이라냐!"

"그런데 국장님, 특종은 따로 있습니다."

"숨 좀 돌리고 말해. 너 얼굴 시뻘개졌어. 이 자식아, 너 그러다 죽겠다."

"그게 문제가 아니라고요. 허리케인의 다음 상대가 듀란이랍니다. 잘하면 8월 달에 시합을 할 수 있을 거래요."

김도환의 말에 국장이 뒷목을 잡았다.

하지만 놀란 건 그뿐이 아니었다. 따라 들어온 기자들도 모두 기겁을 한 채 뒷목을 부여잡았다.

듀란과 싸운단다. 전 세계를 들었다 놨다 한 바로 그 전설의 돌주먹, 듀란과 말이다.

이건 특종 정도가 아니었다.

내일 아침 이 사실이 터진다면 대한민국 전체가 벌집을 쑤신 것처럼 뒤집어질 만큼 거대한 핵폭탄이었다.

김도환이 터뜨린 스포츠서울의 특종이 깔리자 대한민국이 발칵 뒤집혔다.

<시대의 풍운아, 허리케인. 전설의 돌주먹 듀란과 전쟁>

단독이다. 그리고 현재 벌어지는 진행 과정이 상세하게 담겨 있었기 때문에 기사를 읽은 사람들은 흥분을 멈추지 못했다.

물론 시합이 확정되었다는 기사는 아니었으나 그 가능성이 충분했기에 한국 국민들은 기대를 숨기지 못한 채 전율에 사로잡혔다.

그 속에는 당연히 MBC 스포츠 국장 윤길현과 복싱 담당 부장인 이창래도 포함되어 있었다.

특종을 모두 읽은 윤길현이 한숨을 길게 뿜어냈다.

이번 건도 스포츠서울의 김도환이 터뜨렸다. 이 자식은 최강철에 관한 것이라면 어떤 놈보다도 빠르다.

"야, 이 부장. 너 김도환이 만나서 술 좀 마시라고 했잖아.

그 자식 한량이라서 술과 여자 좋아한다고 네 입으로 말하지 않았어?"

"쩝, 그랬죠."

"그런데 이게 뭐냐. 맨날 신문한테 얻어터지고 뒷북이나 쳐대니 이게 무슨 꼴이야!"

"국장님, 그건 술과 여자로 해결되는 게 아닙니다. 생각해 보세요. 이런 특종을 어떤 놈이 나눠주겠습니까?"

"그걸 말이라고 해. 이 자식아 어떡하든 뭘 주워 와야지. 실무 책임자란 놈이 그렇게 무책임하게 나올래?"

"이거 왜 이러세요? 그래도 그놈하고 친하게 지내는 바람에 저번 통합 타이틀전 때 발이라도 담근 겁니다. 김도환이 최강철을 움직여 주지 않았다면 우린 손가락만 빨 뻔했다는 거 벌써 잊으셨어요?"

"에잇, 정말 열받네. 야, 이 부장. 도대체 김도환 이 자식은 최강철과 어떤 사이냐? 어떤 사이길래 이런 기사를 매번 터뜨리는 거냐고!"

"10년 전에 최강철이 아마추어 데뷔할 때부터 따라다니며 고기 사줬답니다. 까까머리 고등학생 때 이미 찜해놨다는 거죠. 최강철이 김도환을 형님이라고 부를 정도라니까 말 다한 거 아니겠어요?"

"그럼 이번 기사도 최강철한테서 나왔겠구만."

"그럴 겁니다."

"그럼 신빙성이 엄청 높다는 뜻이잖아. 그렇지?"

"제가 봤을 때 거의 성사가 될 것 같아요. 지금까지 김도환이 터뜨린 것 중에서 맨땅을 때린 기사는 하나도 없었거든요."

"듀란과의 전쟁이라……."

윤길현이 흥분을 가라앉히지 못하고 손가락으로 탁자를 두드리기 시작했다.

아무리 생각해도 이건 대박이다.

정말 허리케인과 듀란의 대결이 성사된다면 대한민국은 물론이고 전 세계가 전부 뒤집어질 일이었다.

"이 부장, 네 생각은 어때?"

"무조건 잡아야죠. 이건 잡으면 엄청난 돈이 될 겁니다. 더군다나 복싱은 항상 우리가 최고였습니다. 자존심 때문이라도 반드시 붙잡아야 됩니다."

"방법이 있을까. 저쪽도 가만있지 않을 텐데?"

"정답은 최강철입니다. 다음 주에 들어온다고 하니 어떡하든 도환이를 통해서 그놈을 때려잡겠습니다."

"가능하겠어?"

"그럼 어쩝니까. 미국 방송국 놈들이 이젠 죽어도 동시 중계권은 주지 않겠다고 하잖아요. 이걸 못 잡으면 우린 죽습니다."

"내가 뭘 도와주면 되겠냐?"

"할 수 있는 건 다 동원해 주십시오. 무제한 경비 사용은 물론이고 우리 방송국 소속 연예인들도 다 동원할 수 있게 해 주세요. 그놈 총각이잖습니까. 정 안 되면 제일 예쁜 여자 배우들 몇 명 정도 발가벗겨서 그놈 방에 들여보냅시다."

"이 미친놈이……."

*   *   *

한국 권투 협회 회장 최기광이 사무장 유광호를 호출한 것은 스포츠서울의 신문기사로 인해 전국이 난리가 난 오전 10시 무렵이었다.

최기광은 한국물산의 오너로서 작년에 회장이 된 사람이었다.

한국에서는 대기업의 오너들이 스포츠 협회의 회장 자리를 하나씩 꿰차는데, 그중에서 복싱은 가장 영향력이 있는 자가 차지했다.

한국은 물론이고 전 세계적으로 복싱의 인기가 가장 뜨거웠기 때문에 권투 협회 회장은 방귀깨나 뀐다는 자들이 서로 차지하려고 경쟁을 하는 자리였다.

"부르셨습니까, 회장님."

"어서 와요. 유 사무장도 이 기사 보셨죠?"

"예, 봤습니다."

"지금 전국이 이 기사 때문에 난리가 아닌데 우린 뭘 해야 하는 겁니까?"

"무슨 말씀이신지……."

"허리케인은 미국에서 활동하는 바람에 우리가 영향력을 전혀 발휘할 수 없어요. 그렇지 않나요?"

"그렇습니다."

"이 기사를 보니까 다음주에 귀국한다는데 그럼 뭔가 대책을 마련해야 되는 거 아닙니까. 이렇게 손 놓고 있을 거예요?"

자신을 빤히 쳐다보는 최기광의 시선을 마주한 유광호의 안색이 흐려졌다.

무슨 뜻인지 눈치챘기 때문이다.

지금 한국에는 4명의 챔피언이 있지만 그 모두를 합해도 최강철이 현재 누리는 인기에 비한다면 새 발의 피다.

그런 놈이 한국 권투 협회에 소속되어 있지 않다는 건 최기광 입장에서 봤을 때 환장할 일이었을 것이다.

협회에 소속되어 활동하지 않아도 좋다. 단지 협회에 이름만 올려놓기만 해도 각종 행사에 회장이 따라붙을 수 있는 명분이 생길 테니 그걸 해결하라는 뜻이 분명했다.

그랬기에 유광호는 속으로 한숨을 길게 흘려냈다.

회장이 차기 국회의원 선거에 관심이 있다는 소문이 사실인 모양이다.

그럼에도 유광호는 그를 향해 웃음을 보였다.

그가 오랫동안 사무장 자리를 지킬 수 있는 건 윗대가리들의 가려운 데를 긁어주는 재주가 특별했기 때문이다.

"회장님, 최강철은 미국 프로 복싱 협회에 소속되어 있습니다. 한국에 들어오는 건 학업을 하기 위해서라는군요. 하지만 우리가 그냥 손을 놓고 있을 수는 없죠. 최강철을 위해 한국 권투 협회 차원에서 환영 행사를 열겠습니다. 그리고……."

"그리고?"

"저는 그 친구와 개인적인 친분이 있습니다. 이중으로 등록된다 해서 문제될 건 없을 테니 부탁을 해보죠. 한국 권투 협회에 등록한다면 회장님이 활동하시는 데 훨씬 편해지지 않겠습니까?"

"내가 바라는 게 바로 그거요. 유 사무장은 역시 유능하군요. 그렇게 해보시요. 필요한 건 내가 전부 지원해 줄 테니까 최대한 빠른 시간 내에 해결하세요."

"알겠습니다, 회장님."

*   *   *

서지영은 울었다.

최강철이 떠나는 전날 그녀는 마치 애인을 군대에 보내는 것처럼 구슬프게 울었다.

그녀의 눈물을 보면서 한동안 아무 말도 하지 않았다.

누군가가 나를 위해 운다. 간절한 그리움을 가슴에 안고서.

얼마 만에 느껴보는 감정인지 모른다.

부모님과 가족들을 제외하고 자신을 위해 이런 눈물을 흘려준 사람은 그녀가 처음이었다.

그녀의 눈물을 닦아주었다. 그리고 뜨거운 키스로 반드시 돌아올 것을 약속했다.

일행이 챙긴 짐은 그리 많지 않았다.

방학 때 다시 돌아올 것이기에 당장 필요한 것만 챙겼을 뿐이다.

일행이라 봐야 달랑 그와 이성일이 전부였다.

윤성호는 다른 날 황인혜와 같이 들어가는 것으로 계획하고 있었는데, 결혼을 약속했기 때문인지 바쁜 나날들을 보내고 있었다.

럼블 측에서 보내온 경호원들의 호위를 받으며 공항으로 향했다.

이미 언론 쪽에서는 그가 한국으로 돌아간다는 사실을 알고 있었기 때문에 수많은 기자가 공항에서 진을 치고 있는 중이었다.

그들의 관심은 최강철이 한국으로 돌아가는 게 아니라 과연 듀란과의 일전이 소문처럼 성사될 것이냐는 사실이었다.

최강철이 어디서 지내느냐는 결코 중요한 것이 아니다.

환송 나온 기자들과 팬들의 관심이 집중된 것은 오로지 그의 1차 방어전 상대가 누구냐는 것뿐이었다.

"허리케인, 돈 킹이 듀란과의 방어전에 대해 협상을 진행한다고 하던데요. 사실입니까?"

"그렇습니다."

"이제 통합 챔피언에 오른 지 불과 3달밖에 되지 않았습니다. 1차 방어전 상대로 너무 강한 적을 선택한 것 아닌가요?"

"언젠가 만날 상대라면 빨리 만나고 싶었습니다."

"정말 기대되는데요. 시합 일정은 혹시 어떻게 되는지 알 수 있을까요?"

"정확한 날짜는 협상을 통해 결정되겠지만 7월 말이나 8월 초가 될 것이라고 생각합니다."

"커다란 경기를 앞두고 학교에 다닌 다는 것이 이해되지 않습니다. 시합에 방해되지 않겠습니까?"

"그렇지는 않을 겁니다… 왜냐하면……."

공항에 도착한 후 기자들과의 인터뷰를 통해 향후 일정을 확인 사살 해주었다.

이렇게 계속 공식화하는 이유는 듀란과의 경기를 반드시 성사시키기 위한 포석이었다.

언론이 떠들고 복싱 팬들이 기정사실화하면 어떤 외부적인 요인들도 그들의 시합을 방해하기 어려워질 것이다.

몰려든 팬들에게 손을 흔들어준 후 출국 게이트로 들어가 비행기를 탔다.

서지영은 떠나는 그를 향해 손을 흔들며 슬픔을 숨기지 못한 채 눈물을 흘리고 있었다.

아프다. 하지만 이런 아픔 정도는 얼마든지 참을 수 있다.

상황은 한국 공항에서도 마찬가지였다.

미리 알려줬기 때문인지 김포공항은 개미 떼처럼 사람들이 몰려들어 있었는데 최강철의 귀국을 환영하는 현수막까지 보였다.

최강철의 팬클럽인 허리케인에서 가지고 나온 것들이었다.

한쪽에 몰려 있던 그들은 현수막과 피켓을 들고 있었는데 최강철의 모습이 보이자 열광을 터뜨리며 그를 반겼다.

최강철이 입구 게이트를 빠져나와 제일 먼저 한 일은 부모님을 찾은 것이었다.

그의 위상이 변했다는 건 누가 시키지 않았는데도 권투 협회에서 부모님을 차로 모셔 와 가장 앞쪽에서 마중할 수 있도록 해준 것만 봐도 알 수 있었다.

"아버지, 어머니, 저 돌아왔습니다."

"그려. 잘 왔다, 잘 왔어. 오느라 고생했지?"

"괜찮아요. 그런데 그 꽃다발은 뭐죠?"

"저 사람들이 너 주라고 준비했더라. 이 꽃 들고 저 양반이
랑 사진 한번 찍게 해달라고 부탁하던데……."

최우용이 눈으로 유광호와 같이 서 있던 최기광을 가리켰
다.

멋들어지게 고급 양복을 입은 그의 얼굴은 기름기가 좔좔
흘렀고 유광호가 쩔쩔매는 걸 보니 금방 그의 정체를 알 수
있었다.

빙그레 웃어주었다.

사진 정도는 찍어준다. 유광호의 모습에서 그들의 정체를
짐작한 최강철은 꽃다발을 받아 든 후 그들이 다가오는 것을
막지 않았다.

돈 좀 뿌렸나 보다.

권투 협회장 최기광과 유광호가 최강철의 좌우에 서서 손
을 들어 올리자 기자들이 부지런히 셔터를 눌러댔다.

유광호가 슬쩍 입을 연 것은 사진을 모두 찍은 후였다.

"강철아, 미안하다. 이해해 줄 거지?"

"그럼요. 다른 사람도 아니고 사무장님 일인데요. 뭐 또 다

른 거 있어요?"

"나중에… 따로 만나서 이야기하자. 사실 너한테 부탁할 일이 몇 가지 있어."

"그러세요."

"인터뷰 시작하는 모양인데 나는 그만 가볼란다. 나중에 연락하마."

"예전처럼 편하게 대해주십시오. 사무장님이 자꾸 뻣뻣하게 대하면 저까지 그렇게 된단 말입니다. 우리 인연이 어디 보통 인연입니까."

"고맙다."

등을 돌려 사라지는 유광호의 모습을 보면서 옛날 기억이 떠올랐다.

고등학교 시절, 자신을 데리고 독일로 갔을 때 잔소리하던 그의 모습과 아시안게임 때 승리를 기뻐하며 펄쩍펄쩍 뛰던 그의 모습이 겹쳐지며 나타났다.

한번 맺은 인연은 소중한 것이다.

나는 그런 인연을 언제나 신의로 지켜 나갈 것이고 작은 이익에 얽매여 배신하지 않을 것이다.

본가로 돌아온 최강철은 며칠 지난 후부터 학교에 다니면서 살 집을 알아보기 시작했다.

부모님과 살고 싶었지만 그렇게 할 수가 없었다.

수많은 기자가 매일처럼 그를 기다리며 부모님과 가족들을 괴롭혔기 때문이다.

더군다나 학교와의 거리가 너무 멀어 가까운 곳에 숙소를 마련할 필요가 있었다.

서울대 주변에는 아파트가 거의 없어 사당동에 있는 제일 아파트를 구입했다.

제일아파트는 지은 지 1년 반밖에 되지 않은 새 아파트였는 데 10층짜리였고 25평이나 되어 이성일과 둘이 쓰기에는 충분할 정도로 넓었다.

부모님과 막내 누나는 같이 살아도 된다며 그가 독립하는 것을 막았으나 최강철은 끝내 고집을 꺾지 않았다.

정신없이 빠르게 시간이 지나갔다.

복학 수속을 마치고 나자 많은 사람이 그를 기다렸다.

유광호의 부탁으로 한국 권투 협회가 주관한 환영 행사에 두 차례나 갔다 왔고 김도환이 소개해 준 기자들과 식사를 했으며 방송 관계자들과도 만났다.

나이가 들고 사회생활에 영향력이 커지면 우연으로 생기는 인연보다 인위적으로 만들어지는 인연이 더 많다는 걸 알게 된다.

그런 인연들을 마다하지 않았다.

어차피 세상은 독고다이로 살 수 없는 것이었으니 그런 인연들을 마다할 이유가 없었다.

뒤늦게 한국으로 들어온 윤성호는 부모님께 결혼 허락을 받은 후 황인혜를 미국으로 돌려보냈다.

결혼 날짜는 5월로 정해졌는데 한국에서 하는 것으로 결정했다고 한다.

재밌는 건 결혼까지 결심한 윤성호가 한국에서 체육관을 열기 위해 정신없이 뛰어다니고 있다는 것이었다.

그는 최강철이 훈련할 수 있도록 사당동에 5층짜리 건물을 통째로 사들이고 내부 수리를 하느라 눈코 뜰 새 없이 바쁘게 움직이고 있었다.

바보다. 그는 결혼을 한 후에도 황인혜와 떨어져 최강철과 함께할 생각을 하고 있었으니 바보가 틀림없었다.

개학 날짜가 내일로 다가오자 가슴이 뛰었다. 새로운 시작은 언제나 가슴을 설레게 만든다.

제30장
캠퍼스

가방을 든 채 버스에서 내려 터벅터벅 걸었다.

미국에서 타고 다니던 벤츠는 잊어버린 지 오래다. 한국에 돌아온 후 승용차를 살까도 생각해 봤지만 결국 고개를 흔들어 버렸다.

자신이 비록 일반 학생들과 다른 위치에 있으나 승용차를 몰고 다니며 위화감을 만들고 싶지 않았다.

아직 한국 사회는 부자들이나 겨우 승용차를 타고 다닐 뿐 학생들에게는 꿈속의 꽃마차나 다름없었다.

더군다나 자신은 6살이나 어린 학생들과 같이 수업을 받아야 할 입장이었으니 약간의 불편함이 있더라도 참아낼 필요성이 있었다.

캠퍼스로 들어서자 따뜻한 바람이 불어왔다.

계절의 변화로 인해 날아온 것이 아니라 캠퍼스를 가득 채운 젊은이들로부터 뿜어져 나온 열기였다.

살아서 움직인다.

친구들과 걸어가는 학생들의 몸에서, 벤치에 앉아 책을 읽고 있는 여대생의 모습에서, 족구를 하며 소리치는 남자들의 몸에서 모두 젊음의 뜨거움이 쏟아져 나오고 있었다.

최강철은 한 달 동안 많은 기자와 방송국 관계자들을 만났다.

그들이 요청하면 언제든지 달려 나가 밥을 먹었고 술을 마셔주었다.

일부러 그랬다. 그들이 원하는 것을 들어주고 자신이 필요한 것을 요청하기 위해 그는 기자들에게 웃음을 아끼지 않았다.

"원하신다면 언제든지 연락을 주십시오. 하지만 만약 여러분 중 누구라도 제가 학교에 있을 때 찾아온다면 저는 그분을 꼭 기억할 겁니다. 그러니 제 학교 생활은 절대 방해하지 말아주십시오."

일종의 협박이다. 그리고 적을 만들지 않기 위한 고육지책

이기도 했다.

기자들은 그의 요구를 두말없이 받아들였다.

아쉬운 건 그들이었고 최강철이 원한 것은 그리 어려운 게 아니었으니 받아들이지 않을 이유가 없다.

한 가지를 받으면 한 가지를 줘야 하는 게 인생의 이치이지 않겠는가.

서울대 학생들도 한국 국민들이었고 공부벌레들만 있는 것이 아니었기에 최강철을 알아봤다.

그가 캠퍼스를 가로지르며 길게 만들어진 중앙로를 따라 걸어갈 때 수많은 학생이 그를 알아보며 반가움을 나타냈다.

다행스러운 것은 그들이 공항이나 다른 곳에 있던 사람들과 다르게 몰려와 사인을 요청하지 않았다는 것이다.

그저 손을 들어 흔들거나 엄지손가락을 치켜세우는 행동만 한 후 그들은 자신이 갈 길로 걸어갔다.

같은 학생으로서 학교에서까지 괴롭히지 않겠다는 생각들을 가진 게 분명했다.

좋다. 이런 정도면 학교생활을 하는 데 지장이 없을 것 같다.

강의실 문을 열고 들어서자 첫 수업을 기다리고 있는 신입생들의 모습이 보였다.

그들은 어느새 친구를 사귀었는지 삼삼오오 모여서 이야기를 주고받는 중이었는데 최강철이 들어서자 일시에 대화를 멈추고 그를 바라봤다.

하지만 정적은 잠시였을 뿐.

누군가로부터 시작된 박수가 들불처럼 퍼져 나가며 강의실을 가득 찼다.

이거 왜 이래. 쪽팔리게.

최강철이 잠시 서 있다가 박수를 치는 학생들에게 가볍게 손을 들어주고 비어 있는 자리를 차지했다.

그럼 그렇지. 예상했던 것처럼 아무도 말을 붙여오지 않았다.

어쩌면 당연한 일인지 모른다. 무려 6년이나 선배였고 전 세계를 들썩이게 만든 복싱 영웅에게 처음부터 말을 붙여온다면 간덩이가 잔뜩 부은 놈일 것이다.

지금 그와 같은 학번은 군대를 다녀와 4학년에 재학 중이거나 대학원에서 공부하고 있어야 정상이었으니 신입생들에게 최강철은 하나님과 동기 동창 정도 될 만큼 까마득한 선배다.

개학 후 첫 수업은 거의 대부분의 교수들이 강의 계획 정도만 알려주고 수업을 끝내기 때문에 시간이 남아돈다.

교수들은 강의에 들어와 최강철을 눈으로 찾았으나 일부러 그에 대한 이야기를 꺼내지 않은 채 고리타분한 학문의 탐구 자세를 주제로 신입생들을 협박하다가 강의실을 빠져나갔다.

후우, 교수들의 태도를 보니 땡땡이는 거의 불가능할 것 같았다.

교수들은 제일 먼저 그가 강의실에 들어온 것부터 확인했으니 대타를 친다는 건 무덤을 파는 것이나 다름없는 짓이다.

최강철은 강의실에서 빠져나와 벤치에 앉았다.

다른 신입생들은 삼삼오오 몰려나와 담배를 피우면서 서로를 알아가고 있었지만 최강철은 그들에게서 떨어져 파란 하늘을 바라보았다.

예상은 했으나 적응이 쉽지가 않을 것 같다.

자신이 이곳까지 오기에는 많은 고민과 결심이 필요했지만 막상 현실과 부딪치자 암담함이 몰려왔다.

처음 서울대에 진학할 때와는 너무 많은 변화가 발생했다.

예전 그가 서울대를 선택한 이유는 전생의 삶과 다른 인생을 살아보고 싶다는 욕심, 그리고 경영학을 공부해서 사업으로 크게 성공해 자신을 이렇게 만든 자들에게 복수하고 싶다는 생각을 가졌기 때문이다.

하지만 6년이 지난 지금 그 모든 것이 부질없게 느껴졌다.

복싱으로 세계 챔피언에 올랐고 향후 세계를 주물러 나갈 기업들을 손아귀에 움켜쥐었을 뿐만 아니라 보유한 현금만 해도 5,000만 달러에 달했다.

더군다나 미래를 알고 있는 이상 앞으로도 그 돈들은 끊임없이 불어나게 될 것이다.

미래에 대한 기억은 현실의 지식보다 훨씬 무서운 위력을 발휘한다는 걸 뼈저리게 느낀 지금 공부에 대한 집착은 이미 의미가 없어진 지 오래였다.

그럼에도 그가 한국으로 돌아와 복학한 이유는 오직 단 하나.

토대의 마련이었다.

썩을 대로 썩은 한국 사회와 그렇게 만든 인간들을 뿌리 뽑기 위해서는 자신만의 강력한 무기를 만들 필요가 있었다.

*   *   *

"저기, 선배님. 커피 드시겠습니까?"

"어, 고마워."

김철중이다. 이번 신입생들의 과 대표로 선출되었는데 처음부터 리더십을 발휘하며 주임 교수로부터 신뢰를 받은 특별한 놈이었다.

"잠시 앉아도 될까요?"

"그래라."

"애들이 선배님을 무척 어려워합니다. 느끼셨죠?"

"그렇더구만. 야, 니들도 이리 와. 거기서 눈치 보고 있으면 내가 부담스럽다. 사내놈들이 왜 그러냐. 안 잡아먹어, 이 자식들아."

최강철이 손짓하자 김철중과 같이 있던 놈들이 부리나케 뛰어왔다.

놈들이 앞으로 튀어와 부동자세를 했을 때 최강철의 얼굴에서 웃음이 번졌다.

"이름!"

총알 같은 대답.

왼쪽에 안경을 쓴 놈은 박정빈이고, 가운데 덩치는 김현영, 오른쪽에 잘생긴 건 유상식이었다.

"야, 여기가 군대냐. 뻣뻣하게 굴지 말고 앉아. 우리 인사나 하고 지내자. 괜찮지?"

"감사합니다."

이건 뭐, 완전히 이등병들이다. 말이 끝나자마자 총알같이 자리를 차지하고 말똥말똥한 눈으로 하나님의 전언을 듣기 위해 집중하는 것처럼 최강철의 다음 말을 기다렸다.

그나마 다행인 것은 말귀를 잘 알아듣는다는 것이다.

"굳이 내 소개는 안 해도 되지?"

"한국에서 선배님을 모르는 사람이 어디 있겠습니까. 이렇게 옆에 있는 것만으로도 영광입니다."

"영광은 무슨. 앞으로 잘 지내자. 니들한테 부담되지 않도록 알아서 쥐 죽은 듯이 행동할 테니까 뭐 할 때 따돌리거나 그러지 마. 늦게 학교에 들어왔더니 외롭다. 니들이 나 좀 잘 챙겨주라."

"걱정하지 마십시오. 저희들이 충복이 되어 선배님을 모시겠습니다."

"하아, 이 자식들아. 내가 같이 놀아달라고 그랬지 언제 모셔달라고 했어. 그냥 편하게 지내잔 말이야."

"예, 알겠습니다."

"하여간, 너희들은 이제부터 쉬는 시간에는 무조건 나랑 같이 다니는 거야. 니들 밥값은 내가 전부 댈 테니까, 그냥 놀아만 줘."

          *   *   *

최강철은 시간표를 주욱 확인하고 경영학과 4학년의 강의실로 향했다.

어차피 치러야 할 통과의례라면 최대한 빨리 해치우는 게 좋겠다는 생각이 들었다.

확실히 신입생들과 다르다.

머리가 굵었기 때문인지 수업을 준비하는 태도가 묵직했고 강의실도 조용했다.

문을 열고 들어와 교단으로 올라서자 학생들의 시선이 동시에 몰려들며 웅성거림이 생겨났다.

의외의 출현에 놀란 얼굴들이었다.

"여러분, 반갑습니다. 저는 이번에 복학한 최강철입니다. 뭐, 대충 저에 대해서 아시겠지만 미국으로 넘어가 복싱을 하다 보니 뒤늦게 이번에 복학하게 되었습니다. 곧 수업이 시작될 테니 본론만 간단하게 말씀드리겠습니다. 저는 83학번입니다. 여기에 83학번 친구들이 계시면 손을 들어주십시오."

말을 끝내고 학생들을 쳐다보자 거의 20여 명이 손을 드는 게 보였다.

예상과 비슷했다. 그랬기에 최강철은 빙그레 웃으며 그들을 향해 입을 열었다.

"다른 수업을 받는 사람들도 있을 겁니다. 저는 저와 같은 학번 친구들과 상견례를 하고 싶어서 여기에 왔습니다. 이따 수업이 끝나고 6시에 학교 앞 '세상만사'에서 제가 저녁과 맥주를 살 테니 시간되시는 분들은 참석해 주시면 고맙겠습니다."

최강철이 박력 있게 인사를 한 후 강의실을 나서자 뒤에서 박수 소리가 들려왔다.

얼마나 올지 알 수 없지만 괜찮다.

오늘 이곳에 온 이유는 동기들이 졸업하기 전 친분을 쌓아

놓겠다는 생각과 자신이 83학번이라는 사실을 4학년들한테 확실히 알려주기 위함이었다.

'세상만사'는 서울대 앞에 있는 호프집 중에서 제일 큰 곳이라 단체석도 여러 개 있었다.

저녁 6시밖에 되지 않았는데 벌써 50여 명의 학생이 자리를 차지하고 술판을 벌이는 중이었다.

딸랑.

문을 열고 들어선 후 시선을 똑바로 고정시킨 채 예약해 놓았던 자리를 향해 다가갔다.

최강철이 자리에 앉아 기다린 지 얼마 되지 않아 사람들이 들어오기 시작했다.

그들은 들어오면서 손을 흔들어 일행이란 걸 알렸기 때문에 앉아 있던 최강철은 일어나 반갑게 손을 내밀었다.

6시가 되었을 때 참석한 인원은 정확하게 25명이었다.

역시 여자가 없다. 같은 학번이라도 군대에 가지 않는 여자들은 이미 졸업하고 없을 때니 당연한 일이기도 했다.

하지만 어이없게도 그 와중에 홍일점이 하나 박혀 있는 게 눈으로 들어왔다.

쟨 뭐지?

궁금했으나 그것부터 물어보기에는 양심이 허락지 않았다.

맥주와 안주들이 나왔고 참석한 놈들이 하나씩 자기소개를 해나갔다.

같이 공부를 하지는 않았지만 동기라는 유대감은 금방 분위기를 화기애애하게 변하도록 만들어주었다.

"그런데 왜 인원이 이것밖에 없어?"

최강철의 단순하고도 간단한 질문에 와자지껄했던 금방 분위기가 싸늘하게 식었다.

그들의 눈은 전부 최강철을 향해 시선이 고정되어 있었다.

전부 입을 닫은 채 대답을 하지 않고 있을 때 그동안 맨 끝에서 조용하게 앉아 있던 홍일점이 자리에서 일어났다.

"거기에 대한 대답은 제가 드리죠. 선배님, 저는 경영대학 학생장을 맡고 있는 정수연입니다. 오늘 세계적인 스타 최강철 선배님이 상견례 자리를 마련한다고 해서 주제넘게 따라나왔습니다. 저도 선배님을 보고 싶었거든요."

"그렇군. 그래, 보니까 어때?"

"화면에서 본 것보다 훨씬 멋지시네요. 여자들한테 인기가 많으실 것 같아요."

"빈말이지?"

"당연하죠. 이럴 때는 립 서비스를 해야 된다고 배웠어요. 교수님들은 경영의 기본이 립 서비스에서부터 시작한다고 가르쳐 주셨어요."

"아이고, 이런······."

가라앉았던 분위기가 정수연이 나서면서 풀어졌다.

그녀는 간단한 몇 마디로 사람들의 얼굴에서 웃음을 만들어냈는데, 학생장답지 않게 유머 감각이 뛰어났다.

하지만 최강철의 웃음은 그리 오래 가지 않았다.

자신의 질문에 굳어진 친구들의 모습에서 뭔가 불길한 기운을 느꼈기 때문이다.

그랬기에 그는 웃음을 잠재우며 그녀를 향해 시선을 똑바로 던졌다.

"내 질문에 대답해 준다고 했는데··· 들어볼까?"

"선배님들은 그 질문에 대답하기 곤란할 거예요. 그래서 주제넘게 제가 나섰으니까 이해해 주시기 바라요. 원래 83학번 선배님들은 140명이 입학했어요. 현재 4학년 재학생은 정확하게 31명이고 이미 졸업하신 분들이 60명쯤 돼요."

"나머지는?"

"나머지 분들은 군대에 있거나 감옥에 계시죠. 퇴학을 당해서 학교를 나가신 분들도 5명이 계세요."

"무슨 뜻인지 알겠다. 그만 앉아. 올려다보기 힘들어."

그녀의 말을 들은 최강철이 고개를 끄덕거렸다.

그랬구만.

자신의 간단한 질문에 83학번 친구들이 입을 닫아버린 이유를 알게 되자 눈꼬리가 자연스럽게 올라갔다.

이미 졸업했다는 60명은 어떤 자들이 권력을 잡아도 상관 없는 놈들이었을 것이고, 이곳에 있는 31명은 군대에 있느라 역사의 현장에 없었다. 그리고 나머지는 1987년의 뜨거움과 싸우다가 희생을 당했다는 뜻이었다.

참석한 놈들이 쉽게 입을 열지 못한 것은 부끄러움과 안타 까움, 그리고 분노가 모두 공존했기 때문일 것이다.

최강철의 입이 다시 열린 것은 친구들이 맥주를 마시며 침 묵을 지키고 있을 때였다.

"다들 분위기가 왜 그래. 너희들 잘못이 아니잖아. 사람은 모두 자신의 신념을 가지고 살아가는 거야. 어떤 놈은 부를 추구하고 어떤 놈은 명예를 추구하지. 그리고 어떤 놈은 사랑 때문에 목숨을 던지기도 해. 여기 이곳에, 너희들이 있는 건 누군가의 희생 때문이 아니라 원래부터 여기가 바로 너희 자 리였기 때문이야. 그러니 죄책감 가질 필요 없어. 시대는 변하 고 삶의 가치는 오래된 여정을 걸어 간 후에야 진정한 평가를 받을 수 있는 거잖아. 군대에서 빵이 치던 너희들이 미안해한 다면 미국에서 복싱이나 하던 나는 죽어야 된다. 안 그래?"

*　　　　*　　　　*

최강철은 5층 건물을 바라보다 천천히 걸어서 계단을 올라 갔다.

윤성호는 가지고 있는 돈을 전부 털어서 이곳에 복싱 체육 관을 만들었는데 돈이 부족했기 때문에 그도 3억을 투자했 다.

아직 실내 공사가 한창 벌어지고 있는 상태라 여기저기 자 재가 널려져 있어 그것들을 피하며 최강철은 조심스럽게 윤성 호가 있는 사무실로 들어갔다.

참, 어렵게 산다.

사무실로 들어서자 윤성호와 이성일이 짜장면을 먹고 있는 게 보였다.

"맛있습니까?"

"밥 먹었냐?"

"무슨 저녁을 짜장면으로 때워요. 나는 어떡하라고!"

최강철이 털썩 주저앉으며 신경질을 내자 열심히 짜장면을 입으로 쑤셔 넣던 이성일이 눈을 뒤집었다.

이놈은 대학을 포기했다.

어차피 삼류 대학에 다니면서 시간을 낭비하고 싶지 않다 는 게 놈의 변명이었지만 근본적인 이유는 공부가 싫었기 때 문이다.

"지금 시키지 뭐. 너는 학교 다니는 놈이 애들하고 먹어야지 왜 이리로 오는 거냐? 캠퍼스의 낭만 어쩌고 그러더니 그게 잘 안 되디?"

"낭만 같은 소리하고 있네. 내 나이에 무슨 신입생들하고 낭만을 찾아. 이제 일주일밖에 지나지 않았는데 힘들어죽겠어."

"왜?"

"강의실에 하루 종일 붙잡혀 있는 게 장난 아니더라고."

"크크크… 바보 같은 놈. 그러니까 나처럼 자유로운 삶을 살라고 그랬잖아. 너 거기가면 미팅이나 하고 그러면서 놀 줄 알았지?"

"시끄럽고. 난 짬뽕. 요샌 얼큰한 게 당기네. 빨리 가져오라고 해. 배고파."

아주 잘됐다는 표정으로 만족스러운 웃음을 짓는 이성일의 등을 떠밀며 짬뽕을 두 번이나 더 외쳤다.

이 자식은 가끔가다 장난을 치기 위해 짬뽕이라 말해도 짜장면을 시키는 경우가 있기 때문이다.

"관장님, 이제 모습이 갖춰지네요. 그런데 이거 너무 무리한 거 아닙니까?"

"뭐가?"

"체육관이 너무 크잖아요. 5층 건물을 전부 체육관으로 쓰다가 관원들이 안 오면 어쩌려고 그래요?"

"걱정도 팔자다. 강철아, 우리 체육관이 그냥 체육관이냐? 여긴 세계 웰터급 통합 챔피언을 배출한 무지막지한 체육관이야. 난 체육관 앞 전면에다가 네 모습이 담긴 대형 플랜카드를 걸어놓을 거다. 그러면 아마 한 달 만에 족히 200명은 찾아올걸?"

"광고비 줄 겁니까?"

"지금 돈 달라는 거야, 나한테?"

"내 얼굴 광고로 쓴다면서요. 그거 초상권에 해당되는 겁니다."

"지랄하네. 이 자식아, 이 체육관 망하면 네 돈도 같이 날아간다는 거 몰라?"

"흠, 생각해 보니 그렇군요. 알았어요. 이번에는 내가 양보할게요."

"우와, 이 자린고비 같은 놈."

"그런데 정말 어쩌려고 그래요. 인혜 누나하고 결혼한다면서 여기에 체육관을 열어도 돼요?"

"이미 상의한 거라고 몇 번이나 말해. 우린 에로스적인 사랑을 하는 게 아니라 아가페적인 사랑을 하는 사람들이야. 그러니까 상관없어."

"그런 말은 또 어디서 주워들었대. 그거 누가 한 말이나 알고 써먹는 겁니까?"

"몰라, 인마."

"연애하는 거하고 결혼 생활을 하는 건 다른 거라고요. 관장님, 다시 잘 생각해 보세요. 인혜 누나 혼자 놔두다가 잘못하면 잘릴 수도 있어요."

"알아, 나도 매일 그 사람이 보고 싶어. 그래도 안 돼. 나는 네 코치고 너는 세계 챔피언이다. 이 결정, 그냥 쉽게 생각해서 내린 거 아니야. 너를 두고 내가 어딜 갈 수 있겠어. 지 꼴리는 대로 하는 놈을 놔두고 미국으로 가면 집안 꼴 잘 돌아가겠다. 그렇게는 절대 못 해!"

"눈물 나네요."

"돈 킹한테는 전화 없어?"

"어제 저녁에 왔습니다. 요샌 일주일에 한 번꼴로 보고를 하네요. 많이 착해졌어요."

"정말이냐? 뭐라디?"

"세부적인 협의가 완료되어 간다는군요. 다음 달 정도면 윤곽이 잡힐 것 같답니다."

"그거 더럽게 복잡하네. 뭐가 그렇게 어려운 거야?"

"결국 돈 아니겠어요. 그 사람들은 돈을 벌기 위해 움직이는 사람들이니까 한 푼이라도 더 벌기 위해 별짓을 다하는 겁니다. 그러니 시간이 걸릴 수밖에요. 아시잖아요. 이 시합이 가지고 있는 파괴력을."

"네 개런티는?"

"받을 만큼 받아야죠. 저번처럼 그냥 넘어가지 않을 겁니다. 듀란이고 뭐고 상관없어요. 나는 통합 챔피언이니까 그에 합당한 몸값을 받아야 되지 않겠어요?"

*　　　　　*　　　　　*

학교생활이 2주 정도 지나자 서서히 적응이 되었다.

강의는 집중해서 들었지만 아직까지는 아주 초보적인 내용이라 별도로 공부할 정도는 아니었다.

쉬는 시간의 움직임도 즐겁게 변했다.

과대표인 김철중과 그 일당들이 약속했던 것처럼 그와 함께하며 시간을 때워줬기 때문이다.

놈들은 신입생답게 잠시도 그를 그냥두지 않았는데 쉬는 시간이 되면 여기저기 끌고 다니느라 정신이 없었다.

"선배님, 저기로 가보시죠."

"왜?"

김철중이 중앙로를 따라 잔뜩 깔려 있는 동아리들을 바라보다 한 곳을 찍었다.

중앙로에는 신입생들을 유치하기 위해 수많은 동아리가 호객 행위를 하고 있었는데 거의 30여 개의 탁자가 간격을 벌린 채 늘어서 있었다.

놈이 찍은 동아리를 보다가 풀썩 웃음이 흘러나왔다.

그곳에는 3명의 여학생이 가입 원서를 쓰고 있었다.

김철중이 그곳으로 가자며 보챈 것은 그중 한 명의 외모가 상당히 예뻤기 때문일 것이다.

"쟤 때문이냐?"

"그럴 리가요. 저는 저 개인의 이익을 위해서 행동하지 않습니다."

"그럼 뭐냐?"

"제가 그동안 주욱 지켜봤는데 여자들 평균적인 수준이 가장 뛰어난 동아리가 저기였습니다. 그러니 선배님 저의 충언을 통촉하여 주시옵소서. 어차피 동아리 활동을 할 거면 물이 좋은 곳에서 하는 것이 좋사옵니다."

"그래, 그렇다면 가보자."

일행들의 발걸음이 천천히 움직여 여학생들이 있는 곳으로 다가갔다.

그러자 중앙로에 있었던 동아리 학생들의 시선이 일제히 따라 움직였다.

최강철이 나타나는 순간 모든 동아리뿐만 아니라 중앙로를 가득 메운 학생들의 관심은 그가 어떤 동아리를 선택하느냐는 것이었다.

말로 하지는 않았으나 관심이 가지 않을 수 없었다.

생각해 보라.

한국이 낳은 세계적인 복싱 영웅 최강철이 동아리에 가입한다는 것은 그 자체만으로도 엄청난 뉴스가 될 수밖에 없다.

가까이 다가가자 동아리 옆에 놓여 있는 기타가 보였다.

일반 통기타와 다른 모습의 기타였는데 현의 줄이 달랐고 생긴 것도 조금 차이가 났다.

아하, 이것이 바로 클래식 기타인 모양이구나.

뒤늦게 동아리의 정체를 확인한 최강철의 얼굴이 묘하게 변했다.

"허억… 어서 오세요. 저희 클래식 기타 동아리는……."

최강철이 다가올 때부터 얼굴이 허옇게 질렸던 학생이 더듬거리며 동아리 소개를 하기 시작했다.

하지만 목소리가 떨려 나왔고 자꾸 끊겨 무슨 소리를 하는 건지 알아듣기 힘들었다.

그럼에도 최강철은 눈치를 보는 김철중을 잠시 바라보다가 가입 원서를 받아 들고 거침없이 이름을 적었다.

어차피 결정할 것이라면 주저할 이유가 없기 때문이다.

*   *   *

최강철의 첫 미팅 기회는 개학 후 3주 만에 찾아왔다.

벌써 다른 신입생들은 여러 번 한 것 같은데 김철중 일당은 지금까지 한 번도 미팅을 하지 못했다.

최강철이란 존재 때문이었다.

지들끼리 하기에는 양심이 허락되지 않았기 때문인지 슬금슬금 미뤘던 것 같은데 더 이상 견디기 어려웠던 모양이다.

"선배님, 저희들 미팅합니다."

"그래서?"

"죄송스러운 말씀이지만 하루 동안은 선배님을 모시지 못할 것 같습니다."

"언제 하는데?"

"삼 일 후에 하기로 했습니다. 상대는 이대 무용과 여대생들입니다."

"지금 나한테 자랑하는 거냐?"

"아닙니다. 그저 보고드리는 겁니다."

"철중아, 나도 미팅 안 해봤다."

"예?"

"웬만하면 나도 끼워주면 안 되겠냐?"

"에이… 아무리 그래도 선배님, 그건 아닌 것 같습니다. 새까맣게 어린애들하고 선배님이 무슨 미팅을 하겠어요."

"이 자식아. 누가 신입생들 해달래. 거기도 4학년 있을 거 아냐. 그중에서 괜찮은 사람 한 명 섭외해 봐. 나도 미팅이란 거 한번 해보자."

"그게… 걔들이 아직 신입생이라……. 어쨌든 추진해 보겠습니다. 만약 안 되어도 혼내지 마십시오. 저희의 역량이 아직까지 부족한 터라……."

김철중이 대가리를 벅벅 긁는 걸 보며 하도 어이가 없어 웃음이 나왔다.

이놈은 아직 어려서 그런가 농담과 진담을 구별하지 못하는 것 같았다.

그럼에도 도망치듯 빠져나가는 김철중을 잡지 않았다.

어차피 안 될 게 뻔했다.

어떤 미친 여자가 신입생들 미팅하는데 출랑거리며 나온단 말인가.

*   *   *

"종수야, 공부하러 가는 중이냐?"

"어, 너는 여기서 뭐 해. 1학년은 도서관 근처에서 얼쩡거리는 거 아니다. 더군다나 너는 여기 오면 안 돼. 애들 공부 못한다고."

곽종수가 주변을 둘러보며 최강철의 팔을 끌어당겨 밖으로 빠져나왔다.

도서관 중앙 홀에 있던 학생들이 웅성거리며 그들을 바라보고 있었기 때문이다.

경영학과 83학번인 곽종수는 최강철이 상견례를 하는 자리에서 만났는데 성격이 화통해서 금방 친해진 사이였다.

재밌는 건 그가 전체 수석을 한 번도 놓치지 않은 수재라는 점이었다.

누구와는 다르다.

이성일은 성격만 화통했지 공부하고는 담을 쌓고 지내는 놈인데 곽종수는 정반대였으니 세상일은 참 요지경이다.

"왜 왔어?"

"너 보러 왔지. 내리 수석하시는 분은 어떻게 사는가 궁금해서."

"학생이 공부하지 뭐 하겠냐. 뻔하잖아."

"애들한테 들어보니까 벌써 삼성에 취직이 됐다며. 그런 놈이 뭐 하러 공부를 해?"

"습관이야. 따로 할 일도 없고. 다른 놈들은 공부 중이라 놀아줄 놈도 없거든."

"너는 애인도 없냐?"

"있어. 있는데 회사 다녀서 일주일에 한두 번밖에 못 봐."

"참 힘들게 사는 놈일세. 젊은 놈이 공부가 취미란 게 말이나 돼?"

"그러게 말이다."

"수업 다 끝났으면 내가 맥주 살 테니까 가자. 지금은 도서
관보다 호프집이 너한테 더 어울리는 장소인 것 같다."

최강철의 제안에 곽종수는 흔쾌히 따라왔다.

맥주를 마시며 많은 이야기를 나눴다. 가족 이야기, 학교
이야기, 정치와 경제 이야기, 그리고 생각하고 있는 삶의 목표
에 대해서.

자신이 알지 못했던 새로운 세상들이 곽종수와의 대화에서
불쑥 불쑥 튀어나왔다.

재밌다. 그리고 타인의 생각과 신념을 듣게 되자 신선하다
는 생각이 들었다.

사회를 썩게 만드는 것은 권력가들과 거대 자본가들로 인
해 발생했다는 것이 그의 생각이었다.

그 속에서 더 잘살기 위해 몸부림치는 자들은 그들의 도구
가 되어 없는 자들을 핍박하며 사회를 썩어 문드러지게 만드
는 기생충들로 자리 잡는다.

그들은 대부분은 엘리트 코스를 밟으며 천재라는 소리를
듣고 자란 사람들이었으나 삶의 고단함과 조직의 강요, 자신
의 출세를 위해 처음의 의지와 다른 길을 선택할 수밖에 없었
을 것이다.

모든 것은 정의롭지 못한 방법으로 국가 권력을 통째로 쥐고 흔드는 권력가들과 자신들의 부를 축적하기 위한 재벌가들로부터 발생한다.

그들로 인해 수많은 비리가 발생하고 곽종수처럼 국가와 민족을 사랑하던 놈들도 보스를 잘못 만나면 기생충으로 변해 가는 것 아니겠는가.

그것만 막으면 된다, 그것만. 부정한 국가 권력과 재벌가의 악태를 때려잡을 수만 있다면 대한민국은 훨씬 더 좋은 나라로 거듭 태어날 수 있을 것이다.

*   *   *

"선배님, 축하드립니다!"

첫 수업을 위해 최강철이 강의실로 걸어갈 때 미친놈처럼 뛰어온 김철중이 호들갑을 떨어댔다.

뭔 소린지 알아들을 수 없었기에 빤히 쳐다보자 김철중은 연신 방글방글 웃으며 입을 열었다.

"미팅이 성사되었습니다. 그쪽에다 형님 이야기를 했더니 아름다운 4학년 누나를 한 명 데리고 나오겠답니다."

"무슨 그게… 됐다. 넌 이 자식아, 농담과 진담도 구분 못하냐?"

"아니, 이거 왜 이러세요. 제가 얼마나 노력해서 자릴 만들었는데 이제 와서 그런 말씀을 하십니까. 제 신발 바닥을 보세요. 전부 닳아서 헤어질 정도로 뛰어다녀 간신히 성사시켰는데 이제 와서 오리발을 내미시면 저는 어쩌라고요!"

하아, 이놈이 눈까지 부릅뜨며 소리를 지른다.

요새 귀엽다고 오냐오냐해 줬더니 이제 대들기까지 하네.

슬쩍 주먹이 올라가다 내려왔다. 가만히 생각해 보니 빌미는 자신이 만들어놓고 이제 와서 김철중을 탓하기에는 양심이 허락하지 않았다.

"철중아, 그거 취소하면 안 되겠냐?"

"선배님, 정말 왜 이러십니까."

"난 내일 중요한 약속이 있어. 정말 미안하다."

"어떤 약속인데요?"

"너한테는 말 못 할 중요한 약속이다. 정말이야."

"안 됩니다. 귀신은 속여도 저는 못 속입니다. 전 분명히 말했으니까 마음대로 하세요. 천하의 복싱 영웅 최강철이 미팅 빵꾸 내서 후배를 골탕 먹였다고 동네방네 소문내고 다닐 거니까 알아서 하세요."

"철중아!"

불러도 소용없다.

이미 놈은 더 이상 말을 섞지 않겠다는 듯 바람같이 사라지고 있었다.

*   *   *

다른 누구도 아닌 국민들의 선택이었다.

그것이 지역감정과 정치인들의 욕심으로 인해 잘못된 결과가 나왔다 해도 군부 정권이 연장된 것은 오롯이 국민들의 선택이었다.

누군가는 그 결과에 승복하지 못했으나 누군가는 자신의 손으로 직접 투표해서 뽑았으니 군부독재는 끝났다고 생각했다.

동력은 상실되었고 연일 계속되던 데 모행렬은 1987년 그 뜨거웠던 가을을 끝으로 내리막을 건더니 1988년을 거쳐 올해 들어서는 서서히 자취를 감추기 시작했다.

대학가의 분위기도 달라졌다.

운동권이 총학생회를 독점하던 시절은 가고 학교를 위해 일하겠다는 학생들이 총학생회를 점령했다.

변화다. 그리고 학생들이 캠퍼스로 다시 돌아와 학문과 인생을 탐구하기 시작했으니 대학가는 생생한 젊음으로 가득 찼다.

대학 신입생들에게 가장 큰 행사는 미팅이다.

학교가 연일 시위에 사로잡혔던 시절에도 미팅은 지속되었고 신입생들은 그 속에서 작은 위안들을 얻었다.

전쟁터에서도 사랑은 핀다.

데모 행렬 속에서 몸부림을 치며 싸우다가도 미팅 시간이 되면 총알같이 자리를 벗어나 최루탄이 가득 묻은 몸으로 미팅 장소에 나갔다.

그건 여대생들도 비슷했기에 서로를 보며 웃었고 인생 한편의 아련한 추억이 되어 젊은이들의 가슴속에 소중하게 묻을 수 있었다.

시위가 자취를 감추기 시작한 후로는 한편의 미안함을 지니고 벌어졌던 미팅이 거리낌 없이 활성화되었다.

지금 김철중이 환한 웃음을 지으며 일당들과 함께 다가온 것도 드디어 첫 미팅을 나간다는 설렘 때문이었다.

"선배님, 가시죠."

"으……."

"얘들아, 선배님 모셔라."

신음을 흘리는 최강철의 몸을 박정빈과 유상식이 다가와 끌어당겼다.

꼭 포로를 끌고 가는 모습과 비슷했다.

"놔라, 내 발로 가겠다."

"중간에서 튀거나 버티는 상황이 발생하면 즉시 발포하겠습니다. 선배님, 오늘만큼은 절대 그런 사태가 발생되지 않도록 협조해 주시기 바랍니다."

"알았다, 이 자식들아."

이젠 할 수 없다.

미리 도망칠 수도 있었지만 그렇게 하지 않았다. 원죄를 지은 사람은 자신의 죄를 회피하는 순간 비겁자로 몰리기 때문에 살아가는 동안 계속해서 불편함을 겪을 수밖에 없다.

이놈들, 이제 보니 상당히 영악하다.

버스를 타고 약속 장소인 종로로 향하는 동안 김철중을 비롯해서 나머지 놈들은 사전 작전을 짜기 시작했는데 아주 지능적이었다.

"그러니까 한 명한테 몰아준다, 이거지?"

"바로 그거야. 어차피 우리끼리 싸워봤자 상식이 좋은 일만 만들어주는 거잖아. 상식이 저놈은 미팅이 아니라도 예쁜 여자를 사귈 수 있지만 우리는 그게 안 되니까 같이 사는 방법은 이것밖에 없어."

머리 좋기로 소문난 박정빈이 입술을 삐죽거리는 유상식의 표정을 무시하고 계속해서 입을 열었다.

얼굴이 잘생긴 유상식은 이번 미팅에서 얼굴마담 역할만 하라는 것이다.

그들의 작전은 간단했다.

파트너를 선택할 때 우선권을 가진 놈이 가장 예쁜 여학생이 잡은 물건의 주인공이 된다는 것이었다.

"결정 방법은?"

"단순하게 가위바위보로 가자. 1등이 오늘, 그다음이 다음 미팅을 기약하는 거로 하지. 오케이?"

"좋아, 콜."

네 놈이 떠들다가 긴장된 표정으로 순서를 정하는 걸 보면서 최강철이 어이없는 표정으로 웃었다.

이것들 봐라. 서울대에 다니면서 얼굴도 그럴듯한 놈들이 이런 작전까지 펼쳤으니 예쁜 여자들이 안 넘어갈 리가 있나.

그가 다른 대학에 다니고 있었다면 저절로 주먹이 불끈 쥐어질 만행이었다.

그럼에도 최강철은 입맛만 다시며 그들을 탓하지 않았다.

어차피 남녀 간의 인연은 이런 사소한 행동으로 결정되지 않는다는 걸 너무나 잘 알기 때문이다.

종로, 보신각에서 조금 우측으로 꺾어서 들어가면 젊음의 거리가 나온다.

저녁이 되면 대학생들로 바글거리는데 이곳에서 대부분의 미팅이 성사되어 커피숍이나 호프집은 젊은 남녀들로 빽빽하게 들어찼다.

"선배님, 이쪽으로 오시죠."

"네가 웨이터냐. 그 손 안 치워."

마치 경로석에 모시는 것처럼 유상식이 최강철을 향해 손을 내밀었다.

이제 겨우 26살밖에 안 된 그를 이놈들은 노인네 취급하고 있었다.

그들이 미팅 장소로 정한 곳은 젊음의 거리 중간쯤에 위치하고 있는 '비틀즈'란 커피숍이었다.

이곳 주인은 비틀즈를 무척이나 좋아한 모양이다.

자리에 앉아 기다리는 동안 그렇게 떠들던 놈들이 긴장한 표정을 숨기지 못했다.

첫 미팅. 묘령의 여인들을 기다리는 순진한 청춘들.

어찌 긴장되지 않겠나. 대화를 중단하고 열심히 문을 바라보는 놈들의 시선은 온통 긴장감과 흥분으로 가득 차 있었다.

이윽고 문이 열리며 5명의 여대생이 들어서자 김철중의 눈이 번뜩이며 자리에서 벌떡 일어섰다.

"여깁니다!"

이놈들 오늘 횡재했다.

무용과 학생들이라고 하더니 전부 몸매가 장난이 아니었고 얼굴도 상당한 수준을 가진 여대생들이 김철중의 손짓에 따라 이쪽으로 걸어왔다.

이런.

한눈에 알아볼 수 있었다.

그 무리 중에서도 독보적인 미모를 지닌 여자가 바로 자신의 상대라는 것을.

다르다. 신입생들과는 분위기 자체가 달랐고 옷을 입은 맵시도 훨씬 세련되었다.

공주들을 맞이하는 것처럼 황송한 표정으로 맞은편에 앉도록 한 김철중이 일어난 상태 그대로 주절거리며 입을 열었다.

"오시느라고 고생했죠. 길은 막히지 않던가요?"

"괜찮았어요."

자연스럽게 김철중과 맞은편에 앉았던 단발머리 여학생이 방긋 웃으며 대답을 했다.

눈치를 보니 그녀가 그쪽의 주선자였던 모양이다.

여학생들은 미리 최강철의 존재를 확인했기 때문인지 들어오면서부터 그를 주목하고 있었는데 막상 눈이 부딪치자 어쩔 줄을 몰라 했다.

미팅의 패턴은 똑같다.

일단 남자 측과 여자 측이 주선자의 간단한 소개로 인사를 하고 커피를 시킨 후, 잠시 학교 이야기와 최근에 유행하는 노래와 영화 등에 대해서 대화를 나누다가 자연스럽게 파트너를 정하는 순서로 넘어간다.

하지만 오늘은 달랐다.

대부분의 화제가 최강철로 집중되고 있었다.

그녀들은 돌아가면서 최강철에게 궁금한 것을 물었는데 호기심을 숨기지 못했다.

"오늘은 이쯤에서 나에 대한 이야기는 그만해요. 여러분들을 학수고대하며 기다린 여기 청춘들이 너무 불쌍하잖아요."

"호호… 그러니까 누가 허리케인을 모시고 나오라 그랬나요."

대충 끝내고 미팅을 진행하려고 하자 여학생들이 반기를 들었다.

그녀들은 최강철에 대한 궁금증을 이쯤에서 포기할 생각이 전혀 없는 것 같았다.

그랬기에 그녀들을 바라보며 최강철이 쓴웃음을 지었다.

"아무래도 안 되겠네요. 우린 저쪽에 가서 우리끼리 이야기할 테니 파트너 결정하고 이야기 나누다가 2차에서 다시 보죠. 그래도 되겠어요?"

슬쩍 몸을 일으키며 자신의 앞에 앉아 있던 성은정에게 동의를 구했다.

자신의 파트너로 나온 그녀는 지금까지 한마디도 하지 않고 있었는데 무척 침착한 성격을 가지고 있는 것 같았다.

"그러는 게 좋겠어요. 우리 때문에 신입생들이 미팅을 망치면 안 되니까요."

그녀가 따라서 몸을 일으키자 여대생들이 아쉬운 표정을 숨기지 못했다.

그러나 그 아쉬움은 금방 잦아들었고 그녀들의 시선은 앞에 있는 김철중과 떨거지들에게 돌아갔다.

최강철의 존재로 인해 잠시 미팅의 본분에 대해 잊었지만 금방 본래의 목적을 상기했기 때문이다.

"성은정 씨라고 했죠?"

"네."

"4학년이 신입생들 미팅에 나온다고 해서 깜짝 놀랐습니다. 저는 후배들이 장난치는 줄 알았어요."

성은정이 그의 말을 듣고 밝게 웃었다.

그녀 스스로도 이런 상황에 대해서 쉽게 대답하기 곤란한 것 같았다.

하지만 그녀는 곧 이 상황이 어떻게 발생한 것인지에 대해서 말하기 시작했다.

"저기 주선자가 1학년 과대표예요. 쟤가 오빠 이야기를 4학년 과대표한테 말하면서 도움을 요청했대요. 그 소리를 듣고 4학년들이 전부 난리가 났어요. 서로 나가겠다고 손을 드는 바람에 우리 과대표가 엄청 곤란해졌을 정도였어요. 재밌죠?"

"내가 그렇게 인기 있다니 놀랍네요."

"당연하잖아요. 오빠는 한국 사람들한테 영웅이거든요."

"휴우, 그래도……."

"결국 과대표는 여러 가지 방법을 고민하다가 저를 선택했어요."

"은정 씨를요? 왜죠?"

"제가 나가서 이대 무용과의 명예를 지키고 오랬어요. 전세계적으로 유명한 허리케인한테 꿇리지 않고 버틸 수 있는 건 저밖에 없다고 말하던데요."

어쩐지 눈부시도록 예쁘다고 했다.

결국 성은정의 말은 이대 무용학과의 과대표가 제일 아름아운 퀸카를 선발해서 내보냈다는 뜻이다.

"그럼 강요에 의해서 나온 거군요."

"어머, 아니에요. 저도 그 소리를 듣고 손을 번쩍 들었는걸요."

"정말입니까?"

"오래전부터 오빠를 만나보고 싶었어요. 제 방에 가면 오빠 브로마이드가 잔뜩 붙어 있을 정도로 오빠를 좋아했어요."

"은정 씨처럼 아름다운 사람이 왜 저 같은 사람을 좋아했죠?"

"특별했으니까요. 오빠의 복싱은 사람을 흥분시키는 무언가가 있어요. 더군다나 잘생기셨잖아요."

"그런 소린 처음 들어봅니다."

"호호… 거짓말."

성은정의 눈이 반짝반짝 빛났다.

그녀는 최강철의 얼굴을 하나씩 뜯어보며 자신의 말이 틀리지 않았다는 것을 확인하고 있는 것 같았다.

아, 어렵다.

대학 생활을 하면서 필수 코스로 통과해야 된다고 생각했기에 미팅을 나왔는데 처음부터 강적을 만난 것 같았다.

신입생들 앞에서는 아무런 말이 없었던 그녀는 둘만 자리하자 꼬치꼬치 최강철에 관한 것들을 물어오기 시작했다.

대답을 하면서 그녀에게 시선을 떼지 않았고 곤란한 질문에도 솔직하게 대답했다.

"혹시 사귀는 분 있어요?"

"있습니다."

"정말이에요?"

"전 거짓말을 잘 못 해요. 지금 미국에 있어요."

그녀는 실망하는 얼굴을 감추지 못했다.

남자가 호감을 가지고 있는 여자에게 솔직하다는 건 어쩌면 잔인한 짓인지도 모른다.

그럼에도 그녀는 금방 숨기고 다음 질문들을 이어나갔다.

"그런데 왜 머팅을 나왔어요?"

"여긴 한국이잖아요. 그리고 난 대학교에 복학해서 이제 1학년이라고요. 당연히 미팅은 해봐야죠."

"그 분한테 미안하지 않으세요?"

"미안해해야 되는 겁니까?"

"아… 잘 모르겠어요. 하지만 나는 기분 나쁠 것 같아요."

"하하, 그러니까 모르게 하는 거죠."

"오빠는 나쁜 남자네요."

"좋은 남자라고는 생각하지 않아요. 하지만 그녀를 배신하지 않을 거니까 꼭 나쁜 남자라고 보기는 어려운 거 아닌가요?"

뻔뻔한 대답에 성은정의 얼굴에서 웃음이 떠올랐다.

어쩌면 맞는 대답인 것 같다.

머나먼 미국에 있는 여자 친구 때문에 젊은 남자에게 정절을 지키라고 강요한다는 게 얼마나 고리타분한 생각이란 말인가.

더군다나 최강철은 그저 미팅에 참석했을 뿐이다.

본격적으로 미팅의 진수가 벌어지기 시작한 것은 2차로 호프집에 몰려갔을 때부터였다.

처음에는 조심스럽게 대하던 여대생들은 술이 들어가자 갖은 애교를 부리면서 친근감을 표현하기 시작했는데 감당이 어려울 지경이었다.

문제는 9시가 훌쩍 넘어 이제 집으로 돌아가야 할 시간이라고 생각하며 시계를 볼 때 발생했다.

"우리 나이트클럽 가요."

"뭐라고?"

"오라버니, 미팅의 꽃은 나이트클럽이라고요. 우리 거기 가서 재밌게 놀아요."

환장하겠네.

여대생들은 물론이고 김철중을 비롯한 후배 놈들마저 간절한 눈을 한 채 자신을 쳐다보고 있었다.

생각 같아서는 무작정 튀고 싶었지만 선배로서의 체면상 그건 절대 해선 안 되는 짓이었다.

그랬기에 최강철은 열렬한 눈빛으로 자신을 바라보는 놈들을 향해 호쾌한 음성으로 입을 열었다.

"좋아, 가자. 오늘은 내가 풀로 쏠 테니까 실컷 놀아봐. 얼마나 잘 노는지 내가 지켜볼 테니까 대충 놀면 혼날 줄 알아."

"우와, 만세!"

일행이 몰려간 곳은 이태원의 캐피탈호텔 나이트클럽이었다.

요즘 대학생들이 가장 많이 찾는 곳으로 음악이 좋고 분위기가 좋았다.

신입생들이라 그런지 나이트클럽에 도착하자 팔짝팔짝 뛰면서 좋아하는 게 꼭 눈 오는 날 강아지를 보는 것 같았다.

안으로 들어가 자리를 잡고 주문을 하자마자 후배 놈들은 여대생들과 함께 무대로 뛰어나갔다.

춤추는 무대에는 수많은 젊은이가 흥거운 팝송에 맞춰 춤을 추고 있었는데 마치 수초가 흔들리는 것처럼 보였다.

"오빠, 나이트클럽 와봤어요?"

"아니."

성은정의 숨결이 훅, 하고 다가오자 움찔하며 겨우 대답했다.

그녀는 음악 소리 때문에 대화가 힘들자 바짝 다가와 귀에 대고 이야기를 했는데 얼마나 가깝게 다가왔는지 볼과 입술이 맞닿을 정도였다.

"지금까지 뭐 했어요. 이런 데도 안 와보고!"

"미국에서 열심히 복싱했지. 그런데 정신없네. 음악 소리가 너무 커."

"쟤들 정말 열심히 노네요. 아휴, 나도 저렇게 좋을 때가 있었는데."

"마치 노인네처럼 말하네. 은정이도 아직 한참 좋을 때야.

이제 겨우 대학 4학년이 그런 소리를 하면 어떡해?"

"이제 조금 있으면 졸업이잖아요. 그러니까 좋은 시절 다 지나간 거 맞아요."

"조금 떨어지면 안 돼. 너무 가까이서 말하니까 내가 힘들어."

"왜 힘들어요. 내가 무서워요?"

술이 들어가서 그런 걸까. 아니면 원래 성격이 그랬던 것일까.

최강철이 상체를 옆으로 비키며 그녀의 입술과 간신히 떨어지자 성은정이 묘한 미소를 지었다.

"무섭기는. 내가 사고 칠까 봐 그래. 자꾸 입술을 가져다대면 참기 힘들잖아. 은정이는 내가 남자로 안 보여?"

"사고 쳐봐요."

성은정이 빤히 바라보며 도발적인 시선을 던져 왔다.

정말 못 말리는 아가씨다. 사고를 쳐보라며 바라보는 그녀의 시선엔 은은한 열기가 담겨 있었다.

하지만 그것은 시작일 뿐이었다. 진짜 사고는 그다음부터 벌어졌으니 말이다.

저희들끼리 재밌게 놀 것이지 갑자기 쫓아온 놈들이 무조건 끌어내는 바람에 어쩔 수 없이 무대로 나갔다.

춤은 춰본 적도 없고 특별히 배운 적도 없다.

더군다나 나이트클럽은 처음이라 지금 젊은이들 사이에서 유행하는 춤에 대해서는 전혀 아는 바가 없었다.

그럼에도 후배들과 여대생들에 둘러싸여 어쩔 수 없이 몸을 흔들어댔다.

이런 장소, 이런 분위기에서 멀대처럼 멍청하게 서 있는 건 정말 바보 같은 짓이기 때문이었다.

복싱에는 스텝이라는 것이 있다.

상대와 나, 적의 공격을 리드미컬하게 피하기 위해서는 몸을 유연하게 만드는 것이 무엇보다 중요했다.

복싱 선수가 마치 춤추는 것처럼 움직일 수 있는 건 바로 그런 이유 때문이었다.

춤을 배워본 적은 없었으나 복싱 스텝을 변형시키며 후배들이 상체를 흔드는 걸 따라 했다.

이거 생각보다 재밌다. 지금까지 사각의 링에서 적을 쓰러뜨리기 위해 이를 악물며 살아왔기에 더욱더 쉽게 빠져들 수 있었다.

바로 이런 것 때문에 젊은이들이 나이트클럽을 찾는 모양이다.

소리를 지르며 마음껏 젊음을 발산하는 청춘들의 얼굴에서 억눌려 있던 자유의 해방이 느껴졌다.

최강철이 포위된 상태에서 몸을 흔들자 여대생들이 마구 비명을 질러댔다.

그녀들은 슈퍼스타 최강철이 춤을 추는 모습에 열광을 숨기지 못하고 있었는데 깡총거리며 뛰는 모습이 유명한 댄스 가수가 공연하는 모습을 보는 소녀 팬을 연상시켰다.

즐겁게 춤을 추다가 슬그머니 무대를 빠져나와 자리로 돌아왔다.

이제 사라질 시간이다.

사람들의 시선을 피하기 위해 모자를 쓰고 안경까지 착용해서 신분을 알아보지 못하게 만들었지만 오래 있는 건 결코 현명한 일이 아니었다.

계산을 하고 바깥으로 나와 택시를 잡기 위해 기다렸다.

아무에게도 말을 하지 않았다는 것이 조금 찜찜했지만 그들은 이해해 줄 것이다.

그러나 그런 생각은 뒤에서 들려온 목소리로 금방 깨지고 말았다.

"도망가는 거예요?"

"도망은 무슨… 자러가는 거지. 난 일찍 잠자는 버릇이 있거든."

"변명이 조금 유치하다고 생각하지 않으세요?"

"그런가. 그런데 왜 나왔어. 더 놀지 않고."

"오빠만 어색한 자리였다고 생각하는 건 아니죠? 정말 너무

해요. 신입생들하고 지금 이 시간까지 있었던 게 누구 때문인데 혼자 도망가는 거예요!"

"미안, 그 생각을 못 했네."

"이러는 게 어디 있어요. 저를 이곳에 나오게 만든 건 오빠였으니까 끝까지 책임을 져야 하는 거 아니에요? 도대체 남자가 왜 그래요!"

성은정이 똑바로 바라보며 입술 끝을 끌어 올렸다.

그녀는 최강철이 자신을 팽개치고 도망가려 한 것에 대해 상당히 화가 난 표정을 짓고 있었다.

한숨이 흘러나왔으나 어쩔 수 없다.

파트너에 대한 예의를 지키라는 그녀의 말이 가슴을 밀리다가오는 택시에 올라타지 못했다.

"내가 생각이 짧았어. 그럼 어쩌지?"

"맥주 한잔 더 해요."

"11시가 넘었는데 무슨 술을 또 마셔."

"가요. 도망가려고 한 주제에 무슨 말이 그렇게 많아요!"

막무가내였다.

무조건 끌고 가는 그녀로 인해 최강철은 근처의 호프집으로 따라갈 수밖에 없었다.

그녀는 맥주가 나오자 단숨에 벌컥벌컥 마셨는데 아직 화가 풀리지 않은 것 같았다.

"난 허리케인이 이렇게 무책임하고 겁쟁인지 오늘 처음 알았어요."

"휴우… 천천히 마셔라."

"내버려 둬요. 나 화났으니까."

"미안하다고 했잖아. 깜박하고 네 생각을 못 한 것뿐이야."

"그랬을 거예요. 따라 나오지 않았다면 난 그냥 바보가 되어 거기서 기다리고 있었겠죠. 말해봐요. 왜 그랬어요?"

"음, 할 말이 없다."

"내가 그렇게 매력이 없었어요. 도망갈 만큼?"

"그런 건 아냐."

"그럼 뭐예요?"

"난 여자 친구 있다고 말했잖아. 그리고 사람들이 알아볼까 봐 걱정돼서 그만 가야 한다고 생각했을 뿐이야."

"미팅도 나온 남자가 그걸 변명이라고 해요? 더구나 오빠는 스스로 나쁜 남자라고 했잖아요."

"그래서 무슨 말을 하고 싶은 거니?"

"난 오빠가 마음에 들어요."

도발적으로 바라보는 그녀의 입에서 기어코 나오지 않아야 될 말이 나왔다.

어이가 없다.

그가 기억하고 있는 여대생의 모습은 이런 것이 아니었는데 성은정은 거침없이 자신을 바라보며 감정을 숨기지 않았다.

도대체 얘는 무슨 생각을 가지고 있는 건지 모르겠다.

그녀가 좋아하던 스타에 대한 동경일까, 아니면 친구들에게 떠벌여야 할 자랑거리를 만들고 싶은 것일까?

그것도 아니라면 정말 자신을 좋아해서?

"난 여자 친구 있다고 했잖아."

"물어보지 않아서 대답하지 않았지만 나도 남자 친구 있어요. 그럼 나같이 예쁜 여자가 남자 친구도 없을 거라고 생각했어요?"

"미팅을 나와서 당연히 없다고 생각했지."

"오빠도 여자 친구 있다고 했잖아요. 설마 오빠는 되고 나는 안 된다고 생각한 건 아니겠죠?"

그렇구나.

전생의 그는 참 바보같이 산 게 분명했다. 고리타분하고 세상 물정도 모른 채 여자는 당연히 결혼할 때까지 정절을 지키는 거라 생각했으니 얼마나 어리석었던가.

첫날밤을 지낸 후 깨끗한 시트를 보며 여자는 처녀막이 찢어지면 피가 나오는 거 아니냐고 아내에게 물었던 적이 있었다.

그때 아내는 우물쭈물하며 그렇지 않은 여자도 많다는 말로 그의 질문의 피했다.

순진하게 그 말을 믿었다.

자연적으로 처녀막이 찢어지는 경우도 많다면서 의심하는 거냐는 아내의 눈초리를 견뎌내지 못하고 더 이상 아무것도 묻지 못한 자신은 한심했던 존재가 분명했다.

웃음이 나왔다.

고등학교 시절 태릉선수촌에서 만난 이문영이 자신을 좋아한다는 걸 알면서도 칼같이 끊어버린 것은 여자에 대한 거부감과 복싱으로 성공해야 된다는 압박감, 아직 어리고 순진한 그녀에 대한 마지막 양심 같은 것 때문이었다.

다시는 여자를 동반자로 생각하지 않겠다고 결심했으니 그녀의 호감을 받아들이지 않은 건 당연한 일이었다.

서지영과 사귀기 시작한 것은 낯선 타국 땅에서 오랫동안 머물며 찾아온 외로움 때문이었다.

그녀는 이문영과 다르게 성인이었고 자신으로 인해 상처를 입는다 해도 충분히 견뎌낼 수 있을 거라 판단했기에 그동안의 다짐을 깨뜨렸다.

그럼에도 거리를 두며 그녀를 온전하게 받아들이지 않았다.

그녀는 끊임없이 사랑을 원했으나 아직 그는 그녀에게 사랑한다는 말을 한 번도 한 적이 없었다.

어쩌면 잔인하고, 어쩌면 이기적인 행동들이었지만 그에게는 더 많은 시간이 필요했다.

할리우드 스타 아그네스와의 섹스를 거부한 것은 언론에 이름이 오르내려 오점이 남는 것이 싫었기 때문이지 그녀와의 섹스가 두려웠기 때문은 아니다.

세상에는 가장 즐거운 것이 3개가 있다고 한다.

일어서서 하는 건 골프고, 앉아서 하는 건 마작, 누워서 하는 건 바로 섹스다.

자신은 섹스에 미친 놈도 아니지만 그렇다고 섹스를 마다할 정도로 앞뒤가 꽉 막힌 놈은 더더욱 아니다.

남자 친구가 있다면서 자신이 마음에 든다는 말을 하는 이 여자는 자신에게 무엇을 원하는 걸까.

섹스, 아니면 슈퍼스타와의 사랑, 그것도 아니면 엔조이?

그녀에게서 그 어떤 것이든 여자가 가지고 있는 두 얼굴을 확인하기엔 충분하다.

나쁜 남자. 그래, 지금의 나는 여자에게 있어 나쁜 남자가 분명하다.

그랬기에 최강철은 성은정을 바라보며 빙그레 웃었다.

"사귀는 건 안 돼. 하지만 원한다면 오늘 같이 잘 수는 있어."

*　　　　　*　　　　　*

"아버지, 저 왔어요."

"그려, 일찍 왔구나."

"준비 끝났으면 가요. 예약 시간에 맞추려면 서둘러야 해요."

"강철아, 그거 정말 해야겠냐?"

"해야 합니다. 무조건 가서야 돼요."

최강철은 찜찜한 표정으로 서 있는 부모님을 재촉했다.

오늘은 서울대병원에 건강검진을 신청해 놨는데 오전 10시로 예약이 되어 있었다.

미국에 있을 때부터 수차례에 걸쳐 건강검진을 받아야 한다며 이야기를 했으나 부모님은 한 번도 병원에 가지 않았기 때문에 최강철은 예약을 한 후 일방적으로 통보를 했다.

이렇게 하지 않으면 절대 병원에 가실 분들이 아니었다.

그가 이렇게 건강검진에 집착한 것은 아버지 때문이었다.

아버지는 그가 30살이 되던 해에 위암으로 돌아가셨는데 말기가 될 때까지 병원에 가지 않으셨다.

참으로 미련한 분이다.

가슴이 찢어질 만큼 고통스러웠을 텐데 말기가 될 때까지 소화제를 드시며 병원을 찾지 않은 건 미련함보다 기나긴 세월 속에서 쌓여온 고집 때문이었을 것이다.

택시를 타고 병원으로 도착해서 건강검진이 진행되는 동안 최강철은 담당 의사를 만났다.

담당 의사는 모자를 벗고 인사하는 최강철을 확인한 후 귀신을 본 것처럼 놀랐는데 당황함을 감추지 못하고 허둥댔다.

"헉… 허리케인… 최강철 선수……."

"선생님, 저의 부모님이 오늘 건강검진을 받으십니다. 잘 부탁드린다는 말씀을 드리려고 찾아뵙게 되었습니다."

"아, 그래요. 부모님 성함이 어떻게 되시죠?"

최강철이 두 사람의 이름을 말하자 의사가 예약자를 확인하고 고개를 끄덕였다.

슈퍼스타 최강철의 부모를 자신이 맡는다고 생각하자 그의 얼굴은 슬쩍 긴장감에 사로잡혔다.

"특히 저의 아버지를 잘 봐주세요. 위쪽에 암이 있는지 꼼꼼하게 봐주십시오."

"무슨 증상이라도 있었습니까?"

"자꾸 헛구역질을 하십니다."

"그렇군요. 알겠습니다. 그쪽 담당 교수님께 말씀드려 놓겠습니다."

"고맙습니다."

아직 아버지한테서 어떤 증상도 발생하지 않았지만 거짓말을 해서라도 현재의 상태를 정확하게 알고 싶었다.

증상이 발병하기에는 시간이 남았으나 운명은 어떻게 바뀔

지 알 수 없다.

자신이 다시 사는 것 또한 믿기지 않는 운명의 장난이었으니 아버지의 상태 또한 미리 확인해 볼 필요가 있었다.

5시간이나 걸쳐 검진을 받고 나온 부모님을 모시고 강남에 있는 고깃집으로 모시고 가 맛있는 저녁을 사드렸다.

검진 결과는 일주일 후에 나온다고 했으니 이제 기다릴 일만 남았다.

*　　　　　*　　　　　*

작은형이 제대를 해서 집으로 돌아온 것은 6개월 전이라고 했다.

지겨웠겠지.

군대라는 사회에서 자유를 구속당한 채 7년이란 시간을 버텼으니 작은형 성격으로 오래 버틴 것이다.

여자가 떠난 후 작은형은 한동안 방황하다가 결국 제대를 선택했다고 한다.

여자를 찾기 위해 탈영하지 않은 걸 보면 죽도록 사랑했던 건 아니었던 모양이다.

배운 것이 없었고 특별한 기술조차 없는 사람이 제대해서 할 수 있는 건 막노동이 전부였다.

작은형은 벌써 32살이나 되었으니 기술을 배운다는 것도 쉬운 일이 아니었다.

집에서 노는 아들 때문에 아버지의 고민이 깊어지는 걸 보며 최강철은 귀국한 후 얼마 지나지 않았을 때 압구정동에 커다란 상가를 사들였다.

7층 건물이었는데 나중에 로데오 거리의 중심이 되는 곳이었다.

인테리어 업자들에게 의뢰해서 150평이나 되는 1층을 고급스러운 커피숍으로 꾸몄고 바리스타 2명을 고용했다.

물론 상가는 자신의 명의로 했다.

투자의 목적보다 노름을 좋아하는 작은형이 사고치는 것을 미연에 방지하기 위함이었다.

커피숍이 오픈하는 날, 작은형을 데리고 압구정으로 향한 것은 복학한 지 정확하게 한 달이 지났을 때였다.

"강철아, 어디 가는 거냐?"

"형. 취직시켜 주려고."

"취직?"

"그래, 취직. 맨날 집에서 놀 수는 없잖아. 돈을 벌어서 결혼도 하고 조카도 낳아서 행복하게 살아야지."

"아이고, 우리 잘난 동생. 형을 위해서 그런 생각까지 다 하고 기특하네. 그런데 뭐 하는 데냐? 월급은 많아?"

착하기만 했지 할 줄 아는 게 아무것도 없다. 더군다나 성격이 단순해서 남한테 쉽게 속는 타입이라 노름 빚 때문에 아버지의 속을 무던히도 썩였다.

그럼에도 최강철은 그를 향해 웃어주었다.

남들은 경멸하고 무시했지만 그는 어릴 때부터 지금까지 언제나 자신을 좋아하고 아끼는 형이었다.

상가에 도착해서 커피숍으로 들어가자 오픈 준비를 전부 마친 채 매니저와 바리스타, 종업원들이 그를 기다리고 있었다.

"강철아, 여긴 왜 왔어?"

"여기가 형이 근무할 곳이야. 지금부터 형이 할 일을 가르쳐 줄 테니까 열심히 해야 돼."

"와우!"

최강덕이 번쩍번쩍한 커피숍을 둘러보며 탄성을 터뜨렸다.

지금까지 살아오면서 이처럼 고급스럽고 거대한 커피숍은 처음 봤기 때문인데 여기서 근무한다는 말을 듣자 믿기지 않는 얼굴이었다.

"형은 여기서 카운터를 보는 거야. 손님들이 나갈 때 돈을 받는 게 형의 일이야……."

최강철은 차근차근 해야 할 일들에 설명해 주었다.

돈을 받는 방법, 직원들을 관리하는 것과 커피숍 운영에 관한 것들을 일일이 설명해 주었고, 알아듣지 못하면 자신이 직접 시범까지 보여주었다.

"당장은 잘하지 못해도 시간이 지나면 점점 좋아질 거야. 형은 이곳의 총지배인이자 실질적인 책임자라는 거 잊지 마."

"여기 사장은 누군데 이렇게 막중한 자리를 나한테 주냐? 너하고 친한 사람이야?"

"나야."

"뭐… 그게 무슨 소리야?"

"내가 사장이라고. 그러니까 아무것도 모르는 형을 총지배인 자리에 앉히지. 내가 아니면 누가 형 같은 사람을 그렇게 중요한 자리에 앉히겠어."

"아이고."

"내가 형을 이곳에 취직시키는 이유는 단 하나뿐이야. 아버지가 형 때문에 엄청 힘들어하시는 걸 두고 볼 수 없었기 때문이라고!"

"…미안하다."

"형이 이곳에서 일하면서 지켜야 할 게 있어. 만약 그것들을 지키지 않는다면 나는 가차 없이 형을 자를 거니까 명심해."

"그게 뭐지?"

"첫째, 노름하지 마. 만약 12시 전까지 집에 들어가지 않으면 노름한 것으로 간주할 거야. 둘째, 돈 욕심 부려 삥땅 칠 생각 하지 마. 물론 저기 있는 매니저가 수시로 체크하기 때문에 하고 싶어도 못 하겠지만 만약 하다가 걸리면 경찰에 신고할 거니까 알아서 해. 마지막으로 직원들하고 불화를 일으키지 마. 형은 총지배인이니까 직원들을 잘 관리해서 가게가 번창할 수 있도록 노력해야 돼."

"걱정 마라. 내가 잘할게."

"이 세 가지만 잘 지키면 나는 형한테 200만 원씩 월급을 줄 거야. 물론 회사원들처럼 보너스도 있고 월급도 매년 인상되겠지. 더불어 나는 형이 성실하게 이 가게를 운영한다면 20년 후 이 상가를 통째로 넘겨줄 생각이야."

"정말… 정말이냐?"

"하지만 꼭 기억해야 돼. 형이 조금이라도 내 마음에 들지 않게 산다면 지금 한 약속들은 전부 없었던 게 될 거야. 그러니 형, 지금부터 열심히 살아줘. 부모님과 가족들한테 떳떳하게 고개 들고 살아가는 모습을 보여달란 말이야!"

＊　　　　　＊　　　　　＊

다행히 부모님의 건강검진 결과는 큰 이상이 없었다.

아버지는 위에 작은 용종이 몇 개 있을 뿐이었고 어머니는 고혈압 증세가 있어 최강철이 직접 약을 타서 드렸다.

다행이다.

아버지의 목숨을 앗아간 암세포는 아직 발견되지 않았으니 주기적으로 병원을 찾는다면 더 오래 사실 수 있을 것이다.

학교에 복학해서 한 달 반 동안 그야말로 정신없이 움직였다.

작은형을 위해 압구정동에 상가를 샀고 분당에 수시로 내려가 20만 평을 추가적으로 매입했다.

다행스럽게 아직 분당의 땅값은 개발 계획이 발표되기 전이라 그가 샀을 때보다 크게 오르지 않은 상태였다.

윤성호의 체육관이 준비를 마치고 오픈한 것은 그가 분당 땅의 매수를 전부 마치고 등기 이전까지 완료했을 때였다.

"야, 최강철. 너 너무한 거 아니냐? 우리 체육관 간판스타가 코빼기도 안 보이고 어딜 그렇게 쏘다니는 거야!"

"요즘 조금 바빴어요."

"뭐 하느냐고?"

"청춘 사업 하느라 그렇죠. 학교 다니다 보니까 날 찾는 사람들이 많네요."

"지랄한다."

윤성호가 뻔뻔하게 대답하는 최강철을 향해 눈을 부라렸다.

그는 혼자서 체육관 오픈 준비를 하느라 눈코 뜰 새 없이 바빴기 때문에 고사를 지내는 날이 되어서야 어슬렁거리고 나타난 최강철에게 연신 잔소리를 해댔다.

빵빵하게 좋다.

예전 영등포에 있었던 체육관에 비한다면 대궐 같은 크기였고 시설도 완벽하게 갖춰놔 한국에서 방귀깨나 뀐다는 체육관들과 당당하게 어깨를 나란히 할 수 있을 정도였다.

고사를 지내기 위해 내려가자 이성일과 코치진이 먼저 와서 기다리고 있는 게 보였다.

윤성호는 처음부터 관원들이 몰려들 거라고 확신했는지 경험 있는 코치들을 3명이나 구했는데 전부 예전부터 알고 있는 사람들이었다.

"이 자식아, 왜 이제 왔어! 혼자서 고사 준비하느라고 뺑이 쳤잖아."

"시비 걸지 마라. 넌 인마, 통합 챔피언을 뭘로 보는 거야. 그럼 챔피언이 돼지머리나 날라야 되겠어?"

"쩝, 듣고 보니 그것도 이상하네."

"준비 다 끝났으면 시작하자고. 오다가 보니까 벌써 관원들이 기다리고 있더라. 우리 관장님 대박 나겠어요. 돈 많이 버실 것 같습니다."

"나도 그랬으면 좋겠다. 여기서 챔피언들이 팡팡 쏟아졌으면 원이 없겠어."

"잘될 겁니다."

절차에 따라 고사를 진행했다.

사회는 이성일이 봤고 제주는 관장인 윤성호였다.

일부러 손님들을 초대하지 않았다고 한다.

성호체육관이 문을 열기 위해 고사를 지낸다고 알렸다면 기자와 복싱 관계자들까지 백 명도 넘게 몰려들었을 것이다.

마지막 순간, 윤성호와 최강철, 이성일이 나란히 절을 하며 체육관이 발전하기를 빌었다.

그러나 최강철은 안다.

자신이 복싱을 그만두는 순간 윤성호도 이 체육관을 접어야 한다는 사실을.

최강철은 일주일 전부터 서서히 로드워크를 시작했다.

학교에는 끌고 가지 않았지만 너무 불편해서 그랜저를 뽑았는데 아침 6시만 되면 여지없이 한강으로 나가 10㎞씩 뛰었다.

혼자다.

이성일은 아침잠이 많아서 깨워봤자 소용이 없었기 때문에 혼자서 한강변을 달렸다.

그러고 보면 한국 사람들은 엄청 부지런한 민족이다.

그 새벽에도 한강변에는 사람들로 북적거렸으니 동남아시아나 유럽 사람들보다 3배는 더 열심히 산다.

한강의 기적이란 말이 있다.

불과 30년 만에 가난을 떨치고 일어선 한국 경제를 바라보며 세계인들이 한 말이었다.

하지만 그들의 말은 틀렸다.

대한민국의 30년은 그들의 시간으로 봤을 때 200년에 가까운 시간이었다.

한국 사람들은 24시간 동안 한시도 쉬지 않는 민족이고 다이내믹한 부지런함과 성실함까지 감안한다면 유럽이나 동남아시아 사람들보다 최소 6배는 더 열심히 일하기 때문이다.

유럽은 저녁 6시만 되면 사무실과 상점들이 전부 문을 닫았고 동남아시아 국가들은 아침 9시에 겨우 일어나 활동하는데 낮잠까지 자기 때문에, 실질적으로 일하는 시간은 한국과 비교할 수 없을 정도로 적다.

최강철이 로드워크를 시작한 것은 몸을 만들기 위해서가 아니라 나태해져 가는 자신의 정신을 추스르기 위함이었다.

조만간 듀란과의 시합 날짜가 잡히는 것 때문에 운동을 시작한 건 아니다.

그의 몸은 피지컬이 완성되었기에 한 달 정도만 근육을 강화하면 지칠 줄 모르는 체력이 뿜어져 나온다.

대학에 복학한 후 수업이 없을 때마다 많은 사람을 만났다.

같은 학번 동기들은 물론이고 후배들과도 시간을 보냈는데 앞으로는 다른 과 학생들과도 교류의 범위를 넓혀갈 생각이었다.

4월의 햇살이 눈부시다.

어느덧 복학한 지 두 달이 지나자 학교생활이 익숙해졌다.

학생들의 옷차림은 점점 가벼워져 갔고 캠퍼스는 푸름으로 가득 차 한 폭의 그림을 보는 것 같았다.

김철중과 일당들은 이제 완벽하게 그의 심복이 되어 있었다.

쉬는 시간이 되면 그의 주변에서 떨어지지 않았는데 최강철이 사람을 만나러 갈 때를 빼고는 언제나 함께했다.

"선배님, 심심한데 동아리나 가실까요?"

"윤주 보고 싶어서 그러냐?"

"하하하… 그런 거죠."

"이 자식아, 넌 너무 솔직한 게 탈이야. 그래 윤주는 뭐라디?"

"생각해 보겠다고는 하는데 대답이 시원치 않네요."

"그래도 많이 발전했네. 정성이 통하고 있나 보다."

김현영이 머리를 벅벅 긁는 걸 보며 최강철이 부드럽게 웃었다.

전라도 무진장 지역 중의 하나인 장수에서 태어난 김현영은 덩치만 컸을 뿐 너무 착해서 지금까지 한 번도 싸움을 해본 적이 없다고 했다.

촌에서 태어나 서울대까지 왔으니 개천에서 용 났다는 말이 실감 나는 놈이었다.

누가 봐도 남자로서의 매력은 후배 넷 중 가장 떨어지는 편이었지만 동아리에 가입했을 때 봤던 예쁜 여대생 최윤주에게만큼은 지극정성으로 대시하는 중이었다.

최강철은 놈의 어색해하는 얼굴을 바라보다 천천히 자리에서 일어났다.

클래식 기타 동아리에 가입했으나 지금까지 딱 3번만 갔을 뿐이다.

사람들을 만나느라 바빴고 방과 후에는 벌어놓은 일들이 많아 전혀 시간을 낼 수 없었다.

일당들과 함께 동아리를 향해 걸어갔다.

동아리는 언제나 학생들로 북적였다. 특히 클래식 기타 동아리는 여자들에게 인기가 많았는데 최강철이 가입했다는 소문이 돌면서 남녀 구분 없이 회원 숫자가 배는 많아졌다고 한다.

사무실에 가까이 가는 순간 기타 소리가 들려왔다.

어설프다.

지금 이 시간은 신입생들이나 기타 실력이 부족한 사람들이 주로 연습했고 고학년 고수들은 방과 후에나 어슬렁거리고 나타나기 때문에 들려오는 화음 소리는 엉망에 가까웠다.

문을 열고 들어서자 연습하고 있던 학생들이 기타를 내려놓으면서 벌떡 일어나는 게 보였다.

최강철의 명성은 둘째 치고 그는 복사꽃에 해당하는 학번의 소유자였기 때문이다.

"잘들 있었어? 너무 그렇게 대하지 말라고 부탁했잖아. 제발 편하게 좀 해주라."

먼저 자리에 풀썩 주저앉으며 익살스럽게 말하자 학생들의 표정이 그때서야 슬그머니 풀렸다.

실내에는 20여 명이 함께하고 있었는데 연습실에 10명, 동아리실에 10명 정도가 대화를 나누고 있었다.

슬쩍 김현영을 보자 놈은 이미 연습실 끝 쪽에 앉아 있는 최윤주를 바라보고 있는 중이었다.

"어디 나도 기타 연주를 해볼까. 현영아, 같이하자."

옆에 놓여 있는 연습용 기타를 들면서 최강철이 최윤주 쪽으로 다가가자 눈치를 챈 김현영이 급하게 따라붙었다.

"윤주야, 안녕. 잘 지냈니?"

"선배님도 잘 지내셨죠. 오랜만에 오셨네요."

"하하, 내가 좀 바쁜 사람이잖냐. 윤주는 훨씬 더 예뻐진 거 같네. 현영아, 안 그러냐?"

"그… 그렇습니다."

"기타 많이 배웠어?"

"이제 겨우 주법 연습 중인걸요. 조금 있다가 신입생 연주회가 있다는데 걱정이에요."

"나도 신입생인데 연주회에 참석해야 하나?"

"그러시면 좋죠. 같이해요, 선배님."

"난 클래식 기타는 쳐보지 않았어. 더군다나 연습을 한 번도 안 했는걸. 통기타는 조금 치는데 클래식 기타는 다르잖아."

"어머, 통기타 칠 줄 아세요?"

최윤주가 반색을 하면서 반응을 보이자 주변에서 대화를 듣고 있던 학생들의 표정이 기대감으로 반짝거렸다.

이미 연습실에는 최강철의 출현으로 동호회실에 있던 학생들까지 몰려들어 바글거리는 상태였다.

하지만 그녀는 물론이고 다른 학생들의 시선이 금방 한쪽에 서 있는 3학년 회장에게로 돌아갔다.

클래식 기타 동호회에는 금기가 하나 있는데 바로 연습실에서 가요를 치거나 노래를 부르면 안 된다는 규칙이었다.

회장이 신입생 오리엔테이션 때 가장 강조한 것이 그것이었으니 학생들의 시선이 그를 바라본 것은 당연한 일이었다.

회장은 학생들의 시선이 자신에게 몰리자 잠시 어색한 표정으로 고민에 잠겼다.

그러나 그 고민은 오래 가지 않았다.

"선배님, 애들이 선배님의 실력을 꼭 보고 싶어 하는 눈치네요. 오늘만 예외로 둘 테니 한번 보여주시죠."

"그래요, 선배님!"

회장이 허락을 하자 연습실에 몰려 있던 놈들이 전부 환호성을 내질렀다.

하아, 말을 잘못 꺼냈다.

괜히 김현영을 최윤주 쪽에 붙여주려고 하다가 꼼짝 못 하고 기타를 쳐야 할 판이다.

미국에서 살 때 윤성호와 이성일이 낚시에 빠졌다면 최강철은 기타를 치면서 시간을 보냈다.

고등학교 때부터 제법 기타를 쳤기 때문에 6년이란 시간 동안 소일거리로 기타를 치자 상당한 수준까지 올랐지만 누군가에게 보여준 적은 거의 없었다.

자신을 빤히 바라보는 학생들의 눈을 바라보다가 쓴웃음을 지었다.

그러고는 천천히 기타의 현을 만져 조율을 한 후 자세를 잡았다.

"너무 놀라지 마. 그리고 앙코르는 안 돼. 기대치에 못 미친 다고 연습실을 박차고 나가거나 야유를 보내면 난 자살할지 도 몰라. 알았지?"

"네!"

현을 향해 손가락을 가져다 댔다.

통기타와 현의 굵기가 다르고 음의 색깔에서 차이가 났지 만 막상 부드럽게 현을 쓸어내리자 아름다운 소리가 흘러나 왔다.

평소에 자주 연주했던 곡, 바로 사이먼 앤 가펑클의 'The Sound Of Silence'였다.

도입부의 영롱한 스리핑거주법으로 기타의 현을 움직이자 단박에 학생들의 입에서 탄성이 흘러나왔다.

하지만 그 탄성은 곧 고요로 변했다.

최강철의 기타에서 흘러나오는 음률의 조화는 그들을 침묵 시키기에 충분할 정도로 아름다웠고 환상적인 것이었다.

노래를 하지 않은 채 손가락만을 움직여 연주했음에도 노 래가 지닌 특유의 서정성이 한껏 묻어나오며 학생들의 시선을 움직이지 못하게 만들었다.

연주만 하던 최강철의 입이 슬그머니 열린 것은 전반부의 연주가 끝나고 후반부로 들어설 때였다.

And the people bowed and prayed

To the neon god they made

......

Whispered, In the sound of silence

전혀 예상치 못했던 최강철의 노래가 흘러나오자 여대생들이 입을 틀어막았다.

기타 연주와 어울리는 부드럽고 달콤한 노래가 그녀들의 귀를 자극해서 더없는 감동을 심어주었기 때문이었다.

노래를 끝낸 최강철이 기타를 내려놓은 것은 학생들이 전부 박수를 치면서 환성을 질렀을 때였다.

"거봐. 놀랄 거라고 했잖아. 앙코르는 안 돼. 아는 게 이것밖에 없거든."

*　　　　　*　　　　　*

톰슨이 날아왔다.

거의 협상이 완료되어 가고 있으니 곧 연락을 주겠다던 톰슨은 계약서를 들고 직접 한국으로 날아와 최강철을 찾아왔다.

최강철은 그를 보고 놀라지 않았다.

언젠가는 벌어질 일이었고 그가 자신을 찾아오는 건 당연한 일이었다.

"조금 말라 보이는군요."

"요즘 밤잠을 제대로 못 자서 그래. 이럴 때마다 항상 그랬던 거라 이제 이골이 나서 염려할 정도는 아니야."

"모든 준비가 끝났습니까?"

"내가 온 이유가 그것밖에 더 있겠나. 듀란 쪽과 협의가 모두 끝났어. 허리케인, 자네만 오케이를 해주면 모든 것이 끝이야."

"들어보겠습니다. 말씀하시죠."

"시합은 8월 23일. 장소는 우리 홈 링인 뉴욕 시저스 펠리스일세."

"톰슨 씨는 항상 다른 것부터 말씀하시는군요."

"자네 개런티 말인가?"

"그렇습니다. 그게 결정되어야 시합을 하든가 말든가 할 거 아닙니까?"

"음… 돈 킹 씨가 그쪽과 합의한 금액은 1,000만 달러야. 듀란은 자네보다 적은 700만 달러를 받을 걸세. 이미 겪었지만 돈 킹 씨는 자네에게만큼은 돈 가지고 장난치는 사람이 아니야. 최상으로 결정한 금액이라는 거 알아줬으면 좋겠어."

"1,000만 달러라… 그 정도라면 받아들이겠습니다."

최강철이 흔쾌히 받아들이자 긴장한 표정을 짓고 있던 톰 슨의 얼굴에서 웃음이 활짝 피어올랐다.

하지만 웃음은 그에게서만 피어난 게 아니다.

돈 킹.

영악한 사람이다. 분명히 자신의 이윤은 충분히 확보해 놓 은 상태에서 개런티를 산정했을 것이다. 그럼에도 톰슨의 말 대로 1,000만 달러라면 그로서는 최선을 다했다고 봐도 무방 했다.

레너드조차 받아보지 못한 꿈의 대전료였으니 돈 킹이 얼 마나 그를 생각하고 있는지 알 수 있었다.

여기서 개런티 가지고 몇 푼 더 받겠다며 투덜거리는 건 그 에 대한 모독이나 다름없다.

최강철은 계약서를 꼼꼼히 살펴본 후 거침없이 사인을 했 다.

앞으로 4개월 후 자신이 그렇게 원하던 꿈의 대결이 펼쳐지 게 된다.

기다려, 듀란. 한판 멋지게 놀아보자고!

제31장
거대한 전쟁 I

사무실의 분위기는 무거웠다.

체육관을 개설한 지 불과 일주일 만에 시합이 결정되자 윤성호와 이성일은 긴장된 표정을 숨기지 못했다.

웰터급 통합 챔피언을 보유한 성호체육관이 문을 열자 관원들이 물밀듯 밀려들었는데 그 숫자가 일주일 만에 100명이 홀쩍 넘었고 지금도 매일 관원 숫자가 늘어나는 중이었다.

윤성호가 눈코 뜰 새 없이 바쁠 시기였다.

하지만 윤성호는 톰슨과의 계약 내용을 말해주자 올게 왔다는 듯 입술을 굳게 깨물었다.

"체육관은 신경 쓰지 마. 코치진을 보강해서 운영해 나가면 돼. 문제는 시합이 4개월밖에 남지 않았다는 거야. 강철아, 너학교는 어쩔 생각이냐?"

"학교는 다녀야죠. 학생이 학교를 빼먹으면 되겠습니까."

"이 자식아, 그걸 말이라고 해? 상대가 듀란이야, 듀란!"

"대학교는 방학이 6월말쯤에 합니다. 시험 끝나면 바로 방학이죠. 그래도 2달이 남으니까 걱정하지 않아도 됩니다. 진짜 훈련은 미국으로 넘어가 레드불스에서 소화할 수 있어요. 그리고 학교를 다니면서 체력 훈련은 끝내놓을 테니 걱정하지 마세요. 수업을 하루 종일 받는 건 아니잖아요."

"미치겠구만. 아무리 생각해도 이건 말이 안 되는 짓이야. 도대체 세계 챔피언이 대학교를 다닌다는 게 말이 된다고 생각해?"

최강철이 여유 있게 말하자 윤성호가 인상을 박박 긁었다.

옛날 일제시대 때 학생 주먹이 있었다는 말은 들은 적이 있어도 복싱 세계 챔피언이 대학을 다닌다는 말은 지금까지 들어본 적이 없었다.

복싱 선수는 시합이 잡히면 정해진 스케줄에 의해 체계적인 훈련을 소화하며 최적의 컨디션으로 링에 올라야 하는데 학교 수업을 받으며 언제 훈련을 한단 말인가.

코치인 그의 입장에서는 절대 이해할 수 없는 일이었다.

그럼에도 절대 안 된다며 반론을 제기하지 못한 것은 최강철의 말이 일리가 있기 때문이었다.

지금까지 최강철은 시합하면서 체력 부족으로 고전한 적이 한 번도 없었다.

매번 워낙 성실하게 훈련을 했기 때문이지만 그가 집중한 것은 자신의 주 무기를 완벽하게 가다듬은 것과 상대의 장단점에 의한 전략 소화에 관한 것이었지 체력 단련에 시간은 쏟아부은 것은 아니었다.

최강철의 체력은 타고났다고 봐도 된다.

한 달 만 집중적으로 훈련하면 놈은 12라운드 내내 미친놈처럼 뛰어다니는 스태미나를 보여줬다.

마크 브릴랜드의 대전만 봐도 충분히 알 수 있었다.

그렇게 완벽한 아웃복싱을 보여주었던 마크 브릴랜드도 끝내 최강철의 폭발적인 압박을 견뎌내지 못하고 쓰러지지 않았던가.

이성일이 슬그머니 나선 것은 윤성호가 못마땅한 표정으로 뭔가를 생각할 때였다.

"그런데 강철아, 난 너 학교 다니면서 공부하는 꼴을 못 봤다. 그래가지고 시험 보면 낙제하지 않을까?"

"너 지금 이 상황에서 그게 그렇게 궁금하냐? 하여간 코치라는 놈이 생각이 없어, 생각이."

마침 잘 걸렸다.

그렇지 않아도 시빗거리가 마땅히 생각나지 않아 화풀이할 데가 없었던 윤성호가 두 눈을 부릅뜨고 이성일을 노려봤다.

하지만 이성일은 그 정도에 위축될 놈이 아니었다.

"걱정돼서 그러죠. 이 자식이 학교 다닌다면서 맨날 놀기만 했는데 이제 시합까지 잡혔으니 어떡합니까? 나름대로 고민하다가 물어본 거예요. 내가 대신 시험 쳐주면 어떤가 하고."

"어이구, 속 터져. 넌 듀란이나 때려잡을 전략이나 마련해. 서울대가 어디 동네 유치원이냐? 네 실력으로 무슨 시험을 대신 봐줘, 봐주기를!"

"이거 왜 이러세요. 내가요, 가끔가다 심심할 때 저놈 책을 본단 말입니다. 강철이가 본 것보다 내가 본 게 훨씬 많다니까요. 관장님도 들어봤죠? 토끼가 아무리 빨라도 낮잠을 자면 거북이보다 느린 법이라고요. 팽팽 놀면서 공부 한 자도 안 한 놈보다 그나마 조금씩이라도 본 내가 낫지 않겠어요?"

"알았다, 알았어. 그만하고 톰슨이 테이프 몇 개나 가져왔냐?"

"5개 가져왔더군요. 하지만 이미 다 본 것들입니다. 듀란에 관한 것은 내 머릿속에 다 들어 있어요. 그 사람이 오죽 유명한 사람입니까."

"전략은?"

"대충 어느 정도 준비는 했어요. 듀란과는 어차피 만날 거라고 예상했잖아요. 한 달 정도만 지나면 완벽한 전략을 만들어낼 수 있으니까 걱정하지 마세요."

"그 코쟁이 안 불러와도 되겠어?"

"이번에는 필요 없습니다. 나중에 미국으로 넘어갔을 때 조언만 얻으면 될 것 같아요."

"오케이, 좋아. 그렇게 하는 걸로 하고. 강철아?"

"예."

"어차피 여기에서는 스파링 파트너 구하기 힘들어서 일찍 레드불스로 넘어가야 해. 그러니까 우린 6월 말에 무조건 미국으로 떠날 수밖에 없어. 그때까지 체력을 끌어 올리는 훈련에 집중한다. 학교 수업에 맞춰서 훈련 스케줄 짜놓을 테니까 끝나면 바로 체육관으로 와. 알겠어?"

"그렇게 하겠습니다."

*　　　　　*　　　　　*

김도환은 사무실에 느긋하게 앉아 기자들이 가져온 내일 기사들을 검토하고 있었다.

부장을 달았더니 인생이 하룻밤 만에 달라졌다.

이게 모두 최강철 덕이다.

그 옛날 최강철이 코 흘리게 시절부터 온갖 정성을 기울여 대했던 것이 이런 결과를 만들어냈다.

사람은 행운과 노력이 곁들여졌을 때 성공을 한다고 했는데 지금의 자신은 노력보다 행운으로 인해 성공한 사람이었다.

벌써 부장을 단 지 3개월이나 되었다.

동기들은 지금 일선에서 뻉이 치고 있었는데 뒷자리에서 느긋하게 커피를 마시며 여유를 즐기고 있으니 이게 행운이 아니고 뭐란 말인가.

앉아서 받아먹은 특종이 10개가 넘었다.

전부 최강철이 흘려준 덕분으로 터뜨린 것들이었다.

남들은 쌍방울이 닳도록 뛰어다녀도 얻기 힘든 특종을 때마다 알려주는 최강철은 아마도 전생에서 자신의 마누라였는지 모른다.

이제 퇴근 시간이 얼마 남지 않았고 마지막 기사만 넘기면 내일 신문도 마감이 된다.

오늘은 오랜만에 가족들과 외식을 할 생각이었다.

부장으로 진급한 지 3달이 다 되도록 그동안 고생한 마누라에게 밥 한 끼 제대로 사주지 못했기 때문에 오늘은 아주 작심하고 아침부터 손가락을 걸면서 맹세했다.

마누라는 좋아죽는 표정으로 여우 같은 웃음을 마구 날려

대며 돌아오시기를 기다리겠다는 알랑방귀를 뀌었다.

하아, 살다 보니 이런 날도 온다.

매일같이 일선에서 뛰어다닐 때는 잔소리 대마왕이었는데 진급으로 월급이 오르고 외식하자는 한마디에 자신을 황제처럼 받들어 모셨다.

기사 검토를 전부 마치고 자리에서 일어나며 양복을 걸쳤다.

이제 이 길로 회사에서 벗어나 집으로 돌아가면 결혼하고 처음으로 가족들에게 진정한 가장으로서의 권위와 포스를 뿜어낼 수 있을 것이다.

"자, 나 먼저 들어가겠네. 오늘 외식이 있어서 말이야."

"예, 들어가십시오. 부장님!"

멋들어지게 인사를 하면서 사무실을 가로질러 나오자 기자들이 일제히 인사를 해왔다.

그래, 인생 뭐 있어. 이런 맛으로 진급도 하는 거지.

손을 흔들어주며 품위 있게 웃음을 진 채 사무실을 빠져나와 복도로 들어섰다.

오, 예.

흘러나오는 콧노래. 그의 18번 '남자는 배, 여자는 항구'다.

"응응응… 흐응……."

"부장님!"

이건 뭐야.

마지막 하이라이트 부분에서 싸가지 없이 자신을 부르는 소리에 김도환은 걸음을 멈추고 뒤를 돌아봤다.

"부장님, 헉… 헉, 최강철 전화입니다!"

어이구, 씨부럴. 하필이면 이때.

이 자식이 무슨 일일까. 같이 만나서 밥 먹은 지 5일밖에 되지 않았는데 퇴근 무렵에 전화를 해오다니.

발길이 떨어지지 않았으나 고민은 잠시에 불과했고 행동은 번개처럼 빨랐다.

최강철은 일이 없으면 절대 사무실로 전화하는 놈이 아니기 때문이었다.

*   *   *

〈간절히 기다렸던 거대한 전쟁이 드디어 벌어진다〉

스포츠서울 일면 톱으로 걸린 호외가 무차별적으로 뿌려지기 시작하자 전국이 삽시간에 흥분의 도가니로 빠져들었다.

기사의 내용은 간단하면서도 충격적인 내용들이 가득 담겨 있었는데 허리케인 최강철과 전설의 돌주먹 듀란의 대결이 확정되었다는 것이다.

시간과 장소, 그리고 양 선수의 파이트머니까지 자세하게 소개되었으며 이번 경기가 돈 킹의 주관으로 벌어진다는 것까지 실려 있었다.

스포츠서울은 최강철의 기사를 3면에 걸쳐서 내보냈다.

시합이 결정되기까지의 과정과 양 선수가 계약서에 서명한 날짜, 뉴욕의 시저 팰리스 특설 링에서 어떤 시합들이 벌어졌는지 집중 탐구 했고 가장 충격적인 최강철과 듀란의 파이트머니에 대해서도 한 면 전체를 통째로 할애해서 기사를 작성했다.

파이트머니 1,000만 달러.

정말 말도 안 되는 천문학적인 돈이었다.

현재 국내에서 활동하고 있으며 세계 타이틀 최다 방어 기록을 수립해 나가고 있는 유명우의 개런티가 1억에 불과했으니 정말 어마어마한 금액이었다.

더군다나 최강철의 파이트머니가 전설의 돌주먹이자 판타스틱4의 일원인 듀란보다 훨씬 더 많다는 것이 화제를 불러일으켰다.

부러움보다 자부심이 한국 국민들의 가슴을 적셨다.

비록 자신이 받는 게 아니었음에도 한국의 영웅이 듀란보다 더 많은 파이트머니를 받는 게 알려지자 사람들은 환호성을 숨기지 않았다.

          *   *   *

"김 대리, 1,000만 달러면 우리나라 돈으로 얼마냐?"

"80억 정도 되겠구만. 지금 환율이 800원 정도 되잖아."

"휴우, 기가 막히네. 뭐, 하도 금액이 커서 그게 얼마나 되는지 모르겠다."

류광일이 담배를 깊게 빨아 당겼다가 하늘로 뿜어냈다.

대리 4년 차 월급이 이제 겨우 130만 원이었으니 80억을 벌려면 한 푼도 안 쓰고 저축해도 500년이 넘게 걸린다.

그 모습을 본 김영호가 쓴웃음을 지었다.

"야, 그런 건 생각하는 게 아니야. 최강철이 어디 보통 놈이냐."

"그건 그런데, 이거 너무 크니까 감도 안 와서 하는 말이지."

"듀란이 약 좀 오르겠어. 커리어로 봤을 때 최강철이 한참 아랜데 더 많이 받잖아."

"커리어가 많으면 뭐 해, 지금 챔피언은 최강철인데. 도전자 주제에 그 정도만 받아도 황공하게 생각해야 돼."

"하긴, 우리 깡철이가 챔피언이지. 그것도 통합 챔피언."

"김 대리, 우리 깡철이가 이길 수 있을까?"

"왜 걱정돼?"

"너는 안 그래? 다른 놈도 아니고 듀란이잖아, 그 돌주먹. 한 방 맞으면 전부 쓰러진다는 펀치를 가지고 있는 놈이라고. 저번에 봤더니 어떤 놈은 한 방 맞고 기절을 하드만."

"걱정되긴 하지. 어디서 봤는데 듀란 펀치력이 알리 못지않다고 하더라."

"야, 넌 뻥이 너무 세서 탈이야. 어떻게 알리하고 듀란하고 비교를 하냐? 이 자식은 하여간 내가 모른다고 마구 내지른다니까."

"하아, 너 내 말 못 믿는 거야?"

"그럼 그걸 어떻게 믿어. 나도 텔레비전에서 봤는데 알리는 작정하고 때리면 1톤의 위력을 뿜어낸다고 하드라. 측정기로 재는 것까지 보여줬어."

"그런 게 나왔어?"

"그래, 텔레비전에서."

"쩝, 미치겠네. 그럼 듀란도 그 정도 펀치력을 가지고 있다는 거잖아."

"비교하지 말라니까. 알리는 헤비급이고 듀란은 웰터급이야. 네가 본 건 듀란 펀치력이 그만큼 세다는 걸 강조한 걸 거다."

"그런가?"

김영호가 고개를 갸우뚱하면서 입맛을 다셨다.

하긴 생각해 보니 류광일의 말이 맞는 것도 같다. 아무리 펀치가 강해도 헤비급과 웰터급이 비슷하다는 건 상식적으로 맞지 않기 때문이다.

"그나저나 막상 시합이 정해지니까 왜 이리 심장이 떨리냐? 깡철이 이놈은 어째 시합할 때마다 나를 이렇게 긴장시키는지 모르겠네."

"그놈이 워낙 카리스마가 있어서 그래. 사람을 미치게 하잖아."

"미치게만 해? 수명도 단축시키지. 그놈 경기 보다 보면 내 수명이 1년씩 줄어드는 것 같아. 벌써 한 5년은 줄어들었을 거다."

"이길까?"

"이길 거야. 깡철이가 얼마나 대단한 놈인데 듀란한테 지겠어. 듀란은 내가 봤을 때 판타스틱4 중에서 가장 약해. 주먹하고 맷집이 강해서 그렇지 테크닉은 나머지 놈들보다 떨어져. 그리고 이제 나이가 있어서 그런가, 예전보다 못하잖아. 그러니까 깡철이가 이긴다."

"그래주면 얼마나 좋겠냐."

"이럴 때 아부지가 부자였으며 얼마나 좋을까. 아쉽다, 아쉬워."

"그건 또 뭔 소리야?"

"뭔 소리긴. 아부지가 돈이 많았으면 미국으로 날아갈 거 아냐. 우리 깡철이 시합 보러."

"지랄한다."

김영호가 코웃음을 치며 혀를 찼다.

류광일이나 자신이나 시골에서 태어나 공부 하나 잘해가지고 겨우 대일물산에 들어와 이나마 밥 먹고 사는 처지였다.

더군다나 부모님은 그들을 공부시키느라 가지고 있는 땅마저 처분하셨기 때문에 조금 있으면 모시고 살아야 할 판이었다.

그럼에도 그들은 서로를 바라보며 피식거리며 웃었다.

"우리 깡철이 한국에서 시합하면 좋을 텐데. 그러면 나는 달러 빚이라도 얻어서 무조건 갈 거다."

"하하… 그런 날이 올까?"

*   *   *

김철중과 그 일당들은 강의가 시작되기 한참 전에 모였다.

오늘 강의는 10시부터 잡혀 있었지만 누가 시킨 것도 아닌데 그들은 9시에 학교로 나와 경영대학 앞 벤치에 모여들었다.

잔뜩 흥분한 모습.

"철중아, 우리의 영웅께서 시합이 잡혔다. 봤냐?"

"당연히 봤지. 그 난리가 났는데 모른다는 게 말이 돼? 난 오늘 아침 뉴스 보고 심장이 벌렁거려서 죽는 줄 알았다."

"휴우, 상대가 듀란이야, 듀란. 전설의 돌주먹과 우리 선배님이 붙는다니 난 꿈을 꾸는 것 같다."

김현영과 유상식이 번갈아가며 설레발을 떨었다.

그들은 뉴스를 보자마자 학교로 달려왔던 것이다.

하지만 그들의 표정과는 다르게 김철중의 얼굴은 훨씬 더 심각해져 있었다.

"오늘 아침에 강철 선배님한테 전화했었다."

"네가?"

"그래, 신문 보고 정말 놀랐거든. 시합이 잡혔으니까 이제 학교에 안 나오실 것 같아서 훈련 열심히 하라고 인사도 드릴 겸 전화했었던 거야. 그런데 아주 태연한 목소리로 학교에 나오겠다고 그러더라."

"무슨 소리야? 시합이 잡힌 사람이 학교는 왜 나와?"

"그러니까 말이지. 그래서 내가 하도 어이없어서 물었어, 왜 학교에 나오냐고. 그랬더니 학생이 당연히 학교에 나오는 거 아니냐며 되묻더라."

"아이고!"

김철중의 말에 세 놈의 입에서 동시에 곡소리가 나왔다.

어이가 없기도 하고 믿겨지지도 않았기 때문인데 그들의 표정에는 김철중이 거짓말을 하는 것 아니냐는 의심의 눈초리가 포함되어 있었다.

믿을 걸 믿어야지.

통합 챔피언 타이틀 방어전.

그것도 듀란이란 불세출의 강력한 도전자와 시합을 앞두고 있는 사람이 학교 수업을 받기 위해 학교에 온다는 건 때려죽어도 못 믿을 말이었다.

"야, 이 자식들아. 정말이라니까. 강의 시간 되면 분명히 나타날 거다. 강철 선배, 농담은 잘해도 거짓말은 안 하잖아."

"혹시 또 휴학계 내러 나오는 건 아닐까?"

"수업 받으러 나온다고 했단 말이다. 왜 내 말을 못 믿어!"

"넌 그 말이 믿겨지긴 하니?"

"안 믿겨져. 그런데 가만히 생각해 보니까 이해가 되기도 해. 6년이나 휴학했었잖아. 그런데 또 휴학을 하겠어. 너희들 기억나? 우리가 왜 학교에 다니는 거냐고 물었을 때 강철 선배가 한 말?"

"꿈이 있다고 했었지."

"그래. 어떤 꿈인지는 말해주지 않았지만 그 말을 했을 때 나는 커다란 충격을 받았어. 이렇게 성공한 사람도 아직 못다

한 꿈을 가지고 있다는 게 신기하면서 부러웠고 놀라웠다. 강철 선배는 학교를 반드시 졸업하겠다는 생각을 가지고 있는 것 같아."

"수업을 계속 받으면 훈련은 어떻게 해?"

"나도 그게 걱정이다. 전 국민이 강철 선배의 시합이 결정된 것 때문에 난리가 아닌데 어쩔 생각인지 모르겠어."

*   *   *

1학년에게 경영학 원론을 가르치는 서정설 교수가 학과장인 윤문호 교수를 찾아온 것은 점심시간이 거의 다 되어갈 무렵이었다.

그는 회계학을 가르치는 민창석 교수와 함께 들어왔는데 언제나 윤문호 교수와 식사를 같이하는 사이였다.

그들이 들어오는 것을 본 윤문호 교수가 반갑게 맞이하며 자리에서 일어나려고 하자 서정설 교수의 입이 급하게 열렸다.

"교수님, 차나 한잔하시고 가시죠."

"점심 먹기 전에 무슨 차를 마셔요. 무슨 일 있습니까?"

"상의드릴 게 있어서요."

"뭐죠?"

두 사람의 표정이 심상치 않을 걸 보며 윤문호 교수가 소파 쪽으로 걸어왔다.

차를 마시자고 한 건 빈말이다.

우리나라 말은 행간의 의미에서 많은 것이 포함되어 있기 때문에 윤문호 교수는 차를 탈 생각조차 하지 않고 앞에 앉는 두 사람을 향해 의문의 표정을 지어 보였다.

그러자 서정설 교수가 입맛을 다시며 슬그머니 이야기를 꺼냈다.

"교수님, 최강철이 수업에 들어왔습니다."

"그런데요?"

"교수님, 정말 아무렇지 않아서 그렇게 말씀하시는 겁니까?"

"학생이 수업을 받는 게 뭐가 어때서요. 당연한 거잖아요."

"그 친구 시합 잡힌 거 모르세요?"

윤문호 교수가 무슨 소린지 전혀 이해하지 못하겠다는 표정을 짓자 서정설 교수가 황당하다는 표정을 숨기지 못했다.

그러나 오히려 윤문호 교수의 표정은 더 황당해 보였다.

"무슨 시합요?"

"지금까지 뭐 하셨어요. 신문도 안 보시고!"

"난 제주도 학술 발표회에 갔다가 오늘 아침에 공항에서 직접 학교로 나오느라 정신이 없었어요. 그런데 최강철 군 시합이 정말 잡혔단 말입니까. 듀란하고요?"

"그렇다니까요."

"아이고! 신문, 신문 어디 있어. 민 조교, 거기 신문 좀 있으면 가져와 봐!"

윤문호 교수가 얼마나 놀랐는지 소리를 바락바락 질렀다.

평소에는 큰소리 한번 내본 적이 없는 사람이었기에 밖에 있던 대학원생이 총알같이 신문을 들고 뛰어 들어왔다.

1면에 큼지막하게 나온 최강철과 듀란의 사진. 그리고 거대한 전쟁이라는 타이틀의 기사를 읽으며 윤문호 교수의 입에서 연신 신음성이 흘러나왔다.

그런 윤문호 교수의 모습을 보면서 서정설 교수가 걱정스러운 표정으로 슬그머니 입을 열었다.

"교수님, 이제 제 말이 무슨 뜻인지 아셨죠?"

"아니, 이 친구, 시합이 잡혔는데 학교는 왜 나왔어. 서 교수님, 정말 이 친구 학교 나온 거 맞아요?"

"그렇다니까요."

"혹시 왜 나왔느냐고 물어봤습니까?"

"예."

"뭐라던가요?"

"출석 안 하면 학점 못 받을까 봐 나왔다고 하더군요."

"허허……."

서정설의 대답을 들은 윤문호의 입에서 헛웃음이 흘러나왔다.

출석을 안 하면 당연히 학점을 받지 못한다.

아무리 그래도 그렇지.

이게 무슨…….

더 황당한 것은 서정설의 입에서 더 기가 막힌 이야기가 흘러나왔다.

"그 친구, 시험 볼 때까지 학교에 나오겠답니다. 이걸 어쩌면 좋겠습니까?"

"음…….”

시합을 앞둔 세계 챔피언이 훈련할 생각은 하지 않고 계속해서 학교에 나오겠단다.

정말 미치고 펄쩍 뛸 노릇이었다.

서울대의 학칙이 엄격하고 수업에 출석하지 않은 학생에게는 학점을 주지 않는 것으로 유명하지만 아무리 그래도 이건 아니었다.

최강철은 대한민국 국민들의 영웅이었다.

그런 영웅이 학교 출석 때문에 시합에 진다는 건 말도 안 되는 일이었다.

최강철은 학과장인 윤문호 교수가 찾는다는 말을 듣고 사무실을 향해 걸어갔다.

문을 열고 들어서자 세 명의 대학원생이 책을 잔뜩 펼쳐놓고 뭔가를 열심히 하다가 동시에 그를 쳐다봤다.

표정의 변화.

그들은 최강철의 모습을 확인하고 입을 떠억 벌렸다가 곧 정신을 차리고 급하게 입을 열었다.

"교수님, 안에서 기다리십니다. 들어가 보세요. 저희들은 최강철 선배님의 절대적인 팬입니다. 이번 시합 꼭 이겨주십시오."

"고맙습니다."

빙긋 웃어주었다.

공붓벌레라고만 알려진 서울대 경영학 대학원생들조차 그의 승리를 간절히 바라고 있었으니 그게 너무나 고마웠다.

문을 열고 들어서자 윤문호 교수가 자리에서 벌떡 일어나서 그를 향해 다가왔다.

"강철 군, 어서 오게."

"찾으셨다고 들었습니다."

"일단 앉지."

최강철을 소파에 앉게 한 윤문호 교수는 손수 직접 커피를 타 와 그의 앞에 내려놨다.

"마셔."

"예, 교수님."

"내가 커피는 잘 탄다네. 커피는 너무 달면 허당이야. 적당히 쓴맛이 나야 돼. 안 그런가?"

"그렇습니다. 그런데 교수님, 이건 너무 쓴데요."

"예끼, 이 사람아."

"하하… 그래도 맛있습니다."

윤문호 교수가 눈을 부릅뜨자 최강철이 활짝 웃었다.

이런 사소한 농담을 받아줄 수 있다는 것은 그에 대한 마음이 열려 있다는 것을 의미했다.

"자네와 나, 참 인연이 깊어. 그렇지 않나?"

"저도 그렇게 생각하고 있습니다."

"그런데 왜 나한테 상의하지 않았어?"

"무슨 말씀이신지……."

"나는 자네가 무슨 일이 있을 때 조언과 걱정을 같이해 줄 준비가 되어 있는 사람일세. 그만큼 자네를 아끼고 있다는 뜻이야. 자네, 시합이 잡혔다면서?"

"예, 4개월 후에 싸우는 것으로 결정되었습니다."

"그런 친구가 수업을 계속 받다니, 어쩔 생각인가? 공부도 중요하지만 자네는 대한민국의 영웅일세. 영웅은 영웅으로서 해야 할 일이 있어. 수많은 사람에게 희망과 위안을 줘야 하는 존재가 바로 영웅이 해야 할 일이야. 그런 친구가 훈련은 안 하고 수업을 받다니, 이게 무슨 짓이란 말인가?"

"교수님, 걱정하지 않으셔도 됩니다. 저는 영웅은 아니지만 제가 해야 할 일은 정확하게 알고 있습니다."

"이 사람아, 자네가 나를 걱정시키고 있잖아. 나는 자네가 이 시합에서 반드시 이겨주기를 간절하게 바라는 사람 중의 하나일세. 그러니 이제 학교에 나오지 마. 내가 무슨 수를 쓰든 자네 학점에 이상이 없도록 만들어놓을 테니까 그건 걱정하지 말고. 그러니 내 말대로 하게. 자네는 아니라고 하지만 자네는 분명히 대한민국의 영웅일세. 서울대의 학칙이 아무리 엄격해도 영웅을 죽이는 행동은 하지 않아!"

"무리할 이유도 없고 무리하실 필요도 없습니다."

"무리가 아니야. 체육 특기생들은 시합이 잡히면 시험을 보지 않아도 학점을 준다네. 비록 자네가 체육 특기생은 아니지만 국가의 위상을 충분히 높여준 사람이니 그에 못지않은 대접을 받을 수 있단 말일세!"

*　　　　*　　　　*

스포츠데일리의 신치현은 대한일보의 복싱 담당 기자 조영국과 함께 술을 마시며 열변을 토해냈다.

벌써 몇 번째인지 모른다.

스포츠서울이 먼저 터뜨리고 난 후 부랴부랴 후속 기사를 써서 내보냈지만 이미 항구에서 배는 멀리 멀리 떠난 후였다.

현재 대한민국에서 가장 커다란 이슈는 최강철이었고 그에 관한 기사는 방귀만 뀌어도 뉴스거리가 될 정도였다.

특종을 또다시 스포츠서울에서 터뜨리자 사무실 분위기는 지옥과 다를 바 없이 처참하게 변했다.

국장은 사장에게 깨졌고 신치현은 국장에게 박살이 났다.

사무실에서 서류가 날아다녔고 고성이 터졌는데 거의 2시간 동안 선 채로 얻어터졌다.

최강철은 약속을 지켰다.

전화를 하면 잘 받아줬고 쫓아가서 인터뷰를 요청하면 시간이 허락하는 한 성실하게 응해줬기에 수시로 기사를 쓸 수 있었다.

하지만 이번에도 특종은 스포츠서울 쪽으로 넘어갔다.

도대체 어떻게 해야 할지 모르겠다.

기자도 사람인데 아무리 최강철이 이슈 메이커라 해도 맨날 붙어 있을 수는 없는 것 아닌가.

"이번에도 김도환이겠지?"

"그럼 누구겠어. 그 인간이 스포츠서울에 있으니까 특종을 뽑아낸 거 아니겠냐."

"알려준 걸까?"

"만날 때마다 아니라고 우겨. 지가 쫓아다니면서 얻은 거라잖아."

"그걸 누가 믿어. 믿는 게 병신이지."

"씨발, 우리 국장은 나가서 무조건 특종 잡아 오란다. 안 그러면 사무실도 나오지 말래. 언제까지 스포츠서울 따까리나 할 거냐는데 할 말이 없드만. 넌 안 그러디?"

"당연한 레퍼토리잖아."

"너도 잠복 들어갈 거냐?"

"당분간은 그래야겠지. 어디서 훈련하는지, 훈련 스케줄은 어떤지 확인하려면 한동안 뛰어다녀야 되지 않겠어?"

"그놈 학교는 당연히 안 갈 거고. 훈련은 성호체육관에서 할까?"

"가만, 학교!"

"학교 왜? 아… 너 혹시……!"

"그래, 그거라도 일단 갈기자."

신치현이 슬그머니 이를 악물면서 말을 꺼내자 조영국의 표정이 일그러졌다.

무슨 소린지 안다.

하지만 기사는 쓸 게 있고 안 쓸 게 있다.

더군다나 지금처럼 국민들의 관심이 온통 쏠려 있는 상태에서 부정적인 기사를 쓰는 건 자살행위나 다름없는 짓이었다.

"지랄하지 마. 그러다가 뒈져. 지금 그게 기사로 나갈 일이냐. 그건 자살골이야."

"일단 확인만 하면 된다. 누가 부정적인 기사를 쓴다고 했어? 사실을 쓰는 거지. '최강철, 시합을 위해 학교 수업까지 중단하고 투혼을 불사르다'. 뭐, 이런 정도의 기사만 나가도 국장이 황송한 표정을 짓지 않겠어. 평가는 나중에 이루어지겠지만."

"너 최강철한테 악감정 갖지 마라. 사람은 말이다, 저한테 잘해준 놈한테 어쩔 수 없이 팔이 굽는 거야. 우리가 김도환처럼 했으면 그놈도 우릴 그렇게 대했을 거 아니냐."

"악감정은 니미. 야, 내가 없는 기사 쓰겠다는 거야? 학생 놈이 공부는 안 하고 훈련만 좆 나게 열심히 한다는 걸 쓰는 거잖아. 그것도 아주 예쁘게 포장해서."

"네 맘대로 해라. 대신 나는 끌어들이지 마. 아무리 그래도 그 자식은 우리나라의 영웅이야. 그런 놈을 엿 먹이는 건 절대 해서는 안 돼!"

*   *   *

최강철은 집에서 나와 성호체육관으로 들어갔다.

시합이 잡히자 윤성호는 눈을 부릅뜨고 체육관으로 오라

며 협박을 했기 때문에 어쩔 수 없었다.

서서히 체력을 끌어 올리기 시작했다.

한강변을 여유 있게 달리던 로드워크를 10㎞로 늘렸고 보름 만에 무게를 점점 올려 5㎏ 모래 각반을 양다리에 찼다.

근육을 강화하기 위한 웨이트 트레이닝은 체육관에서 집중적으로 시행했는데 운동을 쉬면서 이완되었던 근육이 팽팽하게 당겨지자 온몸에서 힘이 솟구쳐 올라왔다.

이제 성호체육관의 관원은 300명에 육박할 정도였으나 관장인 윤성호는 3층 전체를 최강철의 단독 훈련장으로 막아놨다.

1, 2층이 바글거렸음에도 그는 눈 하나 깜짝하지 않았다.

훈련 장소가 부족해서 관원들이 불만을 터뜨릴 정도였으나 윤성호는 최강철이 학교를 갔을 때에도 비어 있는 3층 훈련장을 개방하지 않았다.

기자들의 등쌀도 장난이 아니었다.

어떡하든 최강철의 훈련 장면을 촬영하고 싶어 했기 때문에 체육관 앞은 기자들로 인해 문전성시를 이루었다.

그 와중에도 최강철은 학교 수업에 빠지지 않았다.

금요일이 공강이라 일주일에 4번만 학교에 가면 되었다.

윤문호 교수가 편의를 제공하겠다는 말을 했으나 그는 호의를 받아들이지 않고 고맙다는 인사만 한 후 꼬박꼬박 수업에 참여했다.

*　　　　　*　　　　　*

MBC의 '화제의 현장' PD 전성학은 스포츠데일리에서 터뜨린 기사를 보면서 번뜩 눈을 치켜떴다.

〈허리케인, 그는 이번 시합을 포기한 것인가〉

자극적인 문구의 타이틀이었다.

기사의 내용은 간단했지만 그만큼 관심이 갔고 걱정스러웠다.

시합을 코앞에 둔 최강철이 한 달이 지난 지금까지 학교 수업에 빠짐없이 참여하고 있다는 사실이 기사에 빼곡하게 적혀 있었다.

"정희 씨!"

"예, PD님."

"이번 주 나가는 거 편성 취소 해."

"무슨 말씀이세요. 편집만 끝나면 되는데?"

"그건 나중에 써먹을 테니까 급하게 서치 팀을 짜봐."

"도대체 왜 이러세요? 오늘 금요일이에요. 우리 팀원들 벌써

2주째 주말을 쉬지 못했다고요!"

조연출 이정희가 소리를 빽 질렀다.

벌써 3년째 전성학과 호흡을 맞춰오고 있는 그녀는 성질이 나면 일단 들이박고 보는 성격을 가진 왈가닥이었다.

하지만 전성학은 그런 그녀를 사랑스럽게 바라보면서 능글맞게 웃었다.

"정희 씨, 우리 프로그램 저번 주 시청률이 얼마 나왔지?"

"그건 PD님이 더 잘 알잖아요. 새삼스럽게 그걸 왜 물어요? 간 오그라들게."

"그래, 5%. 아주 죽여주는 시청률이지. 어이, 노처녀 정희 씨, 밥줄 끊어지면 뭐 먹고 살래?"

"우와, 이 양반이 또 긁기 시작하시네. PD님, 우리 계급장 떼고 맞짱 한번 뜨자 이거죠?"

"그럴 리가 있나. 정희 씨 손톱이 얼마나 무서운데. 이거 한번 봐. 무슨 생각 안 들어?"

전성학이 손에 들고 있던 신문을 이정희 앞으로 툭 던져 주었다.

성격은 지랄 맞아도 머리 하나는 비상하게 돌아가기 때문에 이정희는 신문을 보자마자 탄성을 내질렀다.

그림이 좋다.

다큐 프로그램이라 드라마에 익숙한 시청자들에게 외면을

받고 있었지만 이 정도면 대박을 터뜨릴 수 있을 것 같았다.

"그래서 이걸로 이번 주 우려먹어 보자, 이거죠?"

"제발 우리도 시청률 좀 올려보자. 이러다가는 '화제의 현장' 진짜 가을 개편 때 목숨이 잘릴지 모른다고."

"좋은데요."

"그렇지?"

"급하게 뛰어야겠네요. 서치 팀도 10명 정도 풀어야 하고 시민 인터뷰도 따야겠죠?"

"그럼, 그럼. 당연한 거지."

"휴우, 그러고 보면 PD는 그냥 하는 게 아닌가 봐요. 이렇게 여우처럼 머리가 잘 돌아가는 걸 보면 가끔 존경스럽기도 해요. 알았어요. 이번 주 데이트 취소할게요."

통합 타이틀전을 앞둔 최강철이 꾸준히 학교에 나가자 신문에 이어 텔레비전에까지 화제를 삼았다.

신문에서는 사실 확인에 이어 걱정이 된다는 기사에 그쳤지만 텔레비전에서는 미치도록 열심히 훈련해야 하는 상황에서 꼭 수업을 받아야 하는가에 대한 여론 조사까지 하면서 최강철의 수업 참여에 대해 심층적으로 파고들었다.

국민들의 반응은 대체적으로 비슷했다.

"정말 말도 안 됩니다. 최강철 선수가 무슨 생각을 가지고 그러는지 도대체 알 수 없어요. 그러다가 시합에서 지면 어쩌려고 그럽니까? 제발 최강철 선수 훈련에 집중해 주세요."

"서울대가 문젭니다. 오죽 학생들을 잡았으면 시합을 앞둔 최강철 선수가 수업에 들어가겠어요? 이런 경우에는 편의를 봐줘야 되는 거 아닙니까!"

"글쎄요. 학생이니까 공부하는 건 당연한데 걱정이네요. 그래도 저는 최강철 선수를 믿습니다. 허리케인 최강철, 파이팅!"

텔레비전 프로그램은 훈련을 끝내고 땀으로 범벅이 된 최강철이 샤워를 하고 나왔을 때 시작되었는데 윤성호와 이성일은 나란히 앉아 영화 감상을 하듯 지켜보는 중이었다.

워낙 텔레비전에서 예고 방송을 때렸기 때문에 두 사람은 프로그램이 방송되기 10분 전부터 침을 삼키며 기다리는 중이었다.

익숙한 장면이다.

미국에 있을 때는 매일같이 벌어지던 일이라 이제는 뭐 당연한 것처럼 보인다.

"우와, 시작부터 죽여주는구만. 강철이가 역시 화면발은 잘 받아. 그런데 학교 다니는 것 때문에 심층 취재 했다고 그러더니 왜 경기 장면을 내보내는 거지?"

"그거야 일단 사람들 시선을 끌려고 그러는 거잖아. 넌 그런 것도 모르냐?"

"어이구, 관장님. 똑똑해서 좋으시겠어요."

"지금 비웃는 거지?"

"그럴 리가요."

둘이 투닥거리는 모습을 보면 우애 좋은 형제를 보는 것 같았다.

하루 종일 붙어 있으면서 훈련이 끝나면 뭐가 그리 좋은지 시시덕거리기를 멈추지 않았으니 천상배필이다.

윤성호가 열심히 텔레비전을 보고 있는 최강철에게 고개를 돌린 건 경영학과장인 윤문호의 인터뷰가 나올 때였다.

"강철아, 저 사람 아는 사람이냐?"

"우리 학교 교수님입니다."

"참 고지식하게 말하네. 서울대는 원칙을 고수한다니 한심하구만. 저 사람, 국민들한테 욕 좀 먹겠어."

그렇다. 지금 윤성호는 기자와 인터뷰를 하면서 서울대의 학칙에 대해 원론적인 말을 하고 있었다.

당연히 최강철의 승리를 간절히 원하는 국민들이 들었을 때 충분히 열 받을 말이었다.

이해가 간다.

자신에게 학교 수업을 받지 않아도 무슨 수를 쓰든 해결하겠다던 윤문호 교수는 화제가 되자 학생의 본분에 대한 원칙을 말하며 최강철의 태도를 칭찬하고 있었다.

참 고지식한 양반이다.

*　　　　　*　　　　　*

"도환아, 뭐 먹을까?"

"너 왜 이러냐? 도대체 원하는 게 뭐야."

"이 자식아, 친구끼리 밥도 못 먹어? 우리가 원투 해 사귄
사이냐. 새삼스럽게 그런 걸 묻고 그래."

"허이구, 누가 들으면 진짠 줄 알겠네. 너 인마, 최근 들어
네가 몇 번이나 전화한 줄 알아? 불과 2년 전까지만 해도 손
에 꼽을 정도였어. 난 그때 네 손가락이 부러진 줄 알았다."

"사람이 사는 게 다 그런 거지 뭘 그리 따져. 우리 등심 먹
을까?"

이창래가 슬그머니 말을 돌리자 김도환이 입술을 슬쩍 내
밀었다.

뭔가 있다.

최근 들어 이 자식이 밥을 산 건 열 번도 넘었다.

이창래의 끗발은 신문 기자인 자신에 비한다면 비교조차
하지 못할 정도로 컸다.

유력 텔레비전 스포츠국의 부장이었고 인맥도 그보다 훨씬

넓기 때문에 예전에는 오히려 그가 여러 번 부탁을 했다.

그런 놈이 이렇게 나온다는 건 뭔가 꿍꿍이가 있다는 뜻이고 그건 최강철에 관한 일일 게 분명하다.

그럼에도 아무 말도 하지 않고 비싼 소고기를 먹으며 소주잔을 기울였다.

아쉬운 놈이 우물을 파는 게 세상의 이치다.

놈의 태도를 보자 잔뜩 긴장한 게 조금 이따가 본론이 나올 것 같았다.

하지만 이창래는 저녁을 다 먹은 후에도 본론을 꺼내지 않았다.

"도환아, 우리 오랜만에 술이나 마시러 가자."

"술 마셨잖아."

"좋은 데 가서 마셔. 분 냄새 맡아본 지 오래됐잖아."

"룸살롱 가자는 말이냐?"

"그래."

"하아, 부담되네. 그냥 말하면 안 되겠냐?"

"이 자식아, 일단 가. 비싼 양주 먹여놓고 해야 내가 덜 쪽팔릴 것 같으니까 내 사정 좀 봐줘."

어쩔 수 없다.

이놈이 이렇게 나오는 이상, 죽이 되든 밥이 되든 무조건 고다.

강남의 룸살롱 '비원'에 들어서자 탤런트 뺨치는 아가씨들이 교태를 부리며 그들을 맞아주었다.

미인에 비싼 양주가 곁들여지자 세상천지가 다 내 것 같았다.

실컷 마시고 즐겼다.

죽을 때 죽더라도 천국에 왔으니 이태백이 되어 즐거운 시간을 보냈다.

마치 공연장의 사회자처럼 설레발을 떨던 이창래의 표정이 슬그머니 변한 것은 12시가 다 되어 룸에서 아가씨들 내쫓은 다음이었다.

"도환아, 나 좀 살려주면 안 되겠냐?"

"내가 언제 널 죽인다고 했어? 이 자식이 무슨 소릴 하는 거야."

"너도 알다시피 이번 경기 중계권 때문에 내가 미칠 지경이다. KBS 이 새끼들이 죽어도 양보를 못 하겠대."

"그래서 나보고 어쩌라고?"

"이번 중계권을 따낸 놈들이 NBC야. 그놈들하고 다리를 놔주라. 우리가 중계할 수 있도록."

"내가 인마, 그런 빽이 어디 있어?"

"최강철. 돈 킹은 그놈 말이면 듣는다. 너하고 최강철은 특별한 관계잖아. 그러니 나 좀 살려줘."

"이 미친놈이 염병하고 있네."

                    *   *   *

로드워크의 방법은 여러 가지가 있다.

단순하게 똑같은 속도로 정해진 거리를 뛰는 것은 가장 초보적인 단계에 불과하다.

복싱 선수의 로드워크는 기초적인 체력 강화 훈련이 끝나면 최강철이 늘 차고 다니는 것처럼 모래 각반으로 하체와 상체의 근육을 단련하는데 시작은 2㎏이 기본이었다.

일정한 경지에 올라서면 그다음부터는 점점 무게를 올리고 로드워크의 스피드도 변화를 준다.

예를 들면 전력으로 100m를 뛴 후, 100m는 정상적인 속도로 달리는 극한 반복 훈련이다.

이것을 바로 'Unlimited Run'이라고 부른다.

상상해 보라.

아무리 지독한 훈련을 겪은 선수라도 이런 훈련을 소화한다는 것은 쉬운 일이 아니다.

더군다나 5㎏ 모래 각반을 양다리에 차고 10㎞를 매일같이 뛴다는 건 죽음과 같은 고통이 수반되기에 웬만한 선수들은 할 엄두조차 내지 못한다.

가끔가다 텔레비전에서 씨름 선수들이 타이어를 끌고 모래 사장을 달리는 훈련 장면이 나오지만 그런 건 이 훈련 방법에 비하면 그야말로 새 발의 피라고 봐도 될 만큼 약했다.

그런 훈련을 최강철은 매일 새벽 반복했다.

근육이 완벽하게 제자리를 찾으며 체력이 회복되자 일주일 전부터 그동안의 정상 훈련에서 벗어나 'Unlimited Run'을 뛰기 시작했다.

단내가 훅훅 목구멍까지 올라오는 걸 참으며 최강철은 이를 악물고 전력으로 뛰기를 멈추지 않았다.

자전거를 타고 따라오는 윤성호가 오히려 지칠 지경이었으니 얼마나 혹독한 훈련인지 충분히 알 수 있을 정도였다.

이제 20일 후면 미국으로 떠난다.

그 전까지 완벽하게 체력을 끌어 올린 후 마무리 훈련에 돌입할 예정이었다.

다른 시합과 달리 듀란전은 강한 스태미나를 구축해야 된다는 게 이성일의 주문이었고 그 역시 동의했다.

듀란의 펀치력은 정평이 나 있었다.

스쳐도 사망.

우습게 들릴지 모르나 듀란의 펀치에 쓰러진 선수들 상당수는 카운터가 끝날 때까지 캔버스에서 일어나지 못했다.

천부적인 반사 신경을 가졌음에도 최강철이 긴장하는 건

그런 이유 때문이었다.

지금까지 자신의 맷집을 믿었고 공격을 위해 펀치를 허용하는 경우가 있었지만 듀란전은 그런 여유를 부릴 수 없었다.

나는 이긴다.

그러기 위해서는 상대에게 어떤 허점도 주지 않을 생각이었다.

윌프레드 베니테스.

현존하는 복서 중 재능 면에서 가장 뛰어난 것으로 알려진 선수다.

챔피언이었던 그는 화려한 테크닉을 가진 도전자 레너드와의 경기에서 12라운드 KO패를 당했는데 그때까지 베니테스가 점수 면에서 이기고 있다가 뒤집혔다.

경기력에서는 레너드마저 압도할 정도로 뛰어났으나 그는 게으른 천재였다.

오죽하면 그의 코치를 맡고 있는 아버지가 눈물로 훈련하자며 애원했을까.

베니테스가 레너드에게 진 것은 절대적인 훈련량의 부족이었고 자만의 결과였다.

나는 루시퍼에게 받은 능력이 있었으나 그것이 인간의 범주 내에 있는 것이란 걸 이미 깨닫고 있었다.

세상은 넓었고 한계를 초월하는 자들이 존재한다는 것을

알게 된 후 능력을 과신하거나 게을리해서는 안 된다는 걸 뼈저리게 느꼈다.

마크 브릴랜드의 무시무시한 스피드, 프레드 아두의 경이적인 연타 능력과 맷집만 봐도 알 수 있다.

만약 자신이 능력을 과신하고 제대로 준비하지 않았다면 그들과의 경기에서 이기지 못했을 것이다.

나는 사각의 링에서 치열하게 싸우는 것이 좋다.

야수가 되어 인간의 범주 경계선에서 노니는 강자들과의 전쟁을 원한다.

그것이 다시 인생을 살고 있는 나에게 유일한 즐거움이다.

*   *   *

로베르토 듀란.

파나마 출신의 빈민가에서 태어난 그는 4체급을 석권하면서 살아 있는 전설이 된 사람이었다.

라이트급에서 시작해서 웰터급까지 제패하는 동안 무적을 구가했고 또 다른 살아 있는 전설, 레너드와 막상막하의 대등한 시합을 펼쳤을 정도로 막강한 실력을 보유한 강타자였다.

오죽했으면 레너드가 맞상대를 하지 못하고 외곽으로 돌면서 그의 주먹을 두려워했을까.

세간에서는 두 번째 시합에서 그가 경기를 포기한 걸 두고 말이 많았으나 그때는 갑자기 찾아온 복통으로 인해 어쩔 수 없이 링에서 내려온 것뿐이었다.

그의 복싱 인생에서 가장 치명적이고 불명예스러운 패배를 당한 것은 토머스 헌즈와의 대결에서 발생했다.

불과 2라운드만의 충격적인 패배.

강력한 헌즈의 원투 스트레이트에 고목나무 쓰러지는 것처럼 캔버스에 누워 버린 듀란은 경기를 끝내고 기자들에게 이런 말을 남겼다.

"이건 내 경기가 아니었습니다. 나는 컨디션이 엉망인 상태에서 링에 올라와 제대로 된 경기를 할 수 없었어요. 오늘 내 몸은 천근처럼 무거워 헌즈의 펀치를 보면서도 피하지 못했습니다. 나는 헌즈와의 재대결을 원합니다. 정상적인 상태에서 다시 경기를 한다면 충분히 그를 잡을 수 있소."

언론은 그런 그를 비웃었다.

처참한 패배에 대한 핑계라고 여겼기 때문이다.

하지만 그의 변명은 사실이었다.

아내와의 불화, 엄마의 병세가 악화되면서 훈련을 하지 못했고 시합 당일은 계속된 설사로 인해 만신창이가 되어 있는 상태였다.

그는 강력히 재대결을 원했으나 여러 가지 상황 때문에 결국 이루어지지 못했다.

아쉬웠다.

다시 붙는다면 세상에 그의 진면목을 보여줄 수 있었지만 그의 바람은 헌즈가 슈퍼 미들급으로 전향한 탓에 쉽게 이루어지지 않았다.

와신상담.

여기서 멈출 수 없다.

지금까지 그가 복싱 영웅으로 등극하기까지는 수많은 난관이 있었고 그는 언제나 그 난관들을 극복하면서 전설을 이어온 사람이었다.

그랬기에 최강철과의 대결이 확정되는 순간부터 혹독한 훈련을 멈추지 않았다.

전설이 무엇인지 보여준다.

슈퍼스타로 거듭나면서 자신보다 훨씬 많은 개런티를 최강철이 받았지만 한 번도 진다는 생각을 가져보지 않았다.

21전 21KO승을 거두고 있는 최강철의 전적은 독보적이었으나 그의 펀치를 두려워하지 않았다.

원 펀치.

단 한 방에 상대를 실신시키는 펀치력이 없다는 건 복서로서 치명적인 결함을 가지고 있는 것이다.

그런 면에서 봤을 때 난타전이 벌어진다면 최강철은 그의 상대가 될 수 없었다.

밥 애런이 보유한 전문 트레이너 집단이 듀란의 진영에 속속들이 모여들었다.

체계적인 훈련 시스템으로 체력 강화 훈련을 담당한 피지컬 트레이너부터 최강철의 장단점을 분석해 온 전략 분석관, 근육을 풀어주고 다듬어주는 메디컬 트레이너까지 다양한 전문가들이 그의 훈련을 돕기 위해 합류했다.

시합이 결정되고 두 달 동안 듀란의 몸은 몰라보게 변해 있었다.

75㎏까지 불었던 몸은 68㎏까지 감량되었는데 섀도복싱을 하는 그의 모습은 날아갈 것처럼 빨랐고 경쾌했다.

그만큼 훈련량이 많다는 것을 의미했다.

듀란에게는 영혼의 파트너 레이 아르셀이 언제나 함께해 왔는데 그가 기자들에게 한 말에 따르면 지금까지 시합을 준비하면서 이렇게 열심히 한 적이 없다고 했다.

그는 기자들에게 자신의 훈련 모습을 공개하는 걸 주저하지 않았다.

누가 본다고 해서 달라질 게 없다는 자신감 때문이었다.

최강철이 비밀리에 훈련하면서 언론에 자신의 모습을 노출시키지 않는 것과 완벽하게 대비되는 모습이었다.

팡, 팡, 팡!

마치 샌드백이 찢어질 것처럼 강력한 펀치 샤워에 토머스의 눈이 돌아갔다.

스포츠라인의 토머스는 복싱 전문 기자로서 듀란에 대한 취재도 여러 번 했지만 이런 훈련 장면은 처음 보는 것이었다.

예전 전성기 때의 듀란을 보는 것 같았다.

날렵하게 변해 버린 모습은 두 달 전에 봤을 때의 듀란이 아니었고 보름 전하고도 또 달라 보였다.

사람의 능력은 정말 무서운 것인가 보다.

무언가를 이루고자 노력하는 집념이 얼마나 커다란 변화를 보이는지 듀란은 두 눈으로 직접 확인시켜 주고 있었다.

토머스는 어떤 기자 못지않게 최강철의 팬이었기에 걱정이 앞서는 것을 막을 수 없었다.

그건 오늘 같이 온 워싱턴 포스트지의 맥과이어도 마찬가지였다.

"이봐, 토머스. 자네가 보기에는 어때?"

"놀랍군. 아직도 두 달이나 남았는데 벌써 저 정도니 이번에는 허리케인이 위험하겠어."

"펀치가 마치 망치 같아. 샌드백을 봐. 펀치 맞은 자국이 들어가잖아."

"임팩트가 정확하다는 뜻이고 펀치력이 그만큼 강하다는 거겠지. 나는 저런 건 처음 본다."

토머스가 소곤대며 말하자 맥과이어가 고개를 끄덕거렸다.

지금 듀란의 훈련장에는 30여 명의 기자가 몰려 있는 상태였는데 그들 대부분은 놀라움을 숨기지 않고 있었다.

"이번에 밥 애런이 작정한 것 같더구만. 듀란이 승리할 수 있도록 최선을 다하는 것 같아."

"원래 그 인간이 소속 선수들한테는 잘해. 그래서 슈퍼스타들이 돈 킹을 떠난 거 아니겠어?"

"돈 킹도 달라졌어. 허리케인한테 하는 거 보면 지극정성이잖아."

"흐음… 그건 그렇지. 나도 그게 놀라워."

"자네가 봤을 때 이 경기 어떨 것 같은가?"

"처음에는 허리케인이 이길 거라고 확신했는데 이제는 뭐라고 말하기 어렵겠어. 듀란이 이렇게까지 투지를 불사를지 몰랐거든. 이대로라면 막상막하의 경기가 될 것 같아."

"허리케인의 광팬이 자네가 그런 평가를 내리는 걸 보면 정말 재밌는 경기가 되겠어. 도박사들이 듀란의 훈련 장면을 보고 나서 승률을 대폭 조정했다고 하더라."

"어떻게?"

"처음에 시합이 결정되었을 때 7 대 3으로 최강철의 우세였지. 그런데 한 달 전에 6 대 4로 변했다가 지금은 5 대 5로 조정되었대."

"전문가 집단보다 도박사들이 더 정확해. 그들은 돈이 달렸기 때문에 각종 정보가 무시무시하거든."

"허리케인이 이번 달 말에 미국으로 들어온다면서?"

"마무리 훈련을 뉴욕에서 한다고 하더라. 다행이야. 안 그랬으면 한국으로 쫓아갈 판이었는데."

"레드불스는 그 친구의 고향 같은 곳이지. 스파링 파트너도 많으니까 당연히 넘어오는 거 아니겠어?"

"나는 그 친구 돌아올 때 공항으로 나갈 생각이다. 자네도 갈 건가?"

"당연한 걸 묻고 그래. 그런 빅뉴스를 놓칠 수 없잖아."

"공항이 또 난리가 나겠군."

토머스가 사진기와 수첩을 정리하며 빙그레 웃었다.

오랫동안 떨어져 있던 최강철을 본다는 생각이 들자 저절로 웃음이 떠올랐기 때문이다.

허리케인 최강철.

그에게 최강철은 하늘에서 준 선물과도 같은 사람이었다.

기사를 쓰는 데 도움이 된다는 것 때문이 아니다.

9년 전 그가 불가사의한 능력을 보여주며 세계 선수권대회

를 제패했을 때부터 지금까지 그를 따라다니는 동안 진정한
행복을 맛봤다.

상대를 향해 무시무시한 연타를 터뜨리는 그의 복싱을 보
면서 전율에 젖은 적이 한두 번이 아니었다.

사랑이라면 사랑이다.

남자가 남자를 사랑하는 걸 보고 사람들은 우정이라 부르
지만 그가 최강철을 생각하는 건 우정을 넘은 사랑이었다.

맥과이어의 입이 불쑥 열린 것은 그가 떠날 준비를 마치고
자리를 뜨려 할 때였다.

"만약에 허리케인이 지면 어떻게 되는 거지?"

"재수 없는 소리 하지 마. 듀란이 이기면 과거로 돌아가는
거야. 너도, 나도 새로운 영웅을 원하잖아. 허리케인은 새로운
영웅이고 나는 그가 끝내 이 전쟁에서 이겨주기를 바라. 그
친구는 언제나 불가능하다고 여겨지는 싸움을 이겨왔어. 비
록 듀란이 무섭게 변했지만 나는 허리케인이 분명 극복할 거
라고 믿는다."

        *   *   *

시합이 점점 다가왔음에도 최강철이 계속 학교에 나오자 경
영대학 학생들은 물론이고 학교 전체가 술렁거렸다.

정말 시험까지 모두 끝내고 간다는 약속이 현실로 다가오자 학생들은 최강철을 향해 모두 눈인사를 하며 그가 걸어가는 길에서 비켜섰다.

누구도 그의 행동을 비웃는 사람이 없었다.

남자의 의지, 그리고 행동에 말없이 속으로 응원의 박수를 보낼 뿐이다.

학교에 나와 수업을 받는 동안 그가 만나서 대화를 나누며 친분을 쌓았던 사람들이 끊임없이 찾아왔다.

그냥 찾아온 게 아니다.

몸에 좋다는 인삼은 물론이고 보약과 심지어 어떤 놈은 해구신까지 들고 왔다.

그들의 정성을 고맙게 여기며 거절하지 않았다.

비록 시합을 앞두고 함부로 먹을 수 있는 음식들이 아니었기에 윤성호에게 건네주었지만 그들의 정성만은 마음 깊이 고마워했다.

사회인들이 보여주는 이기적인 배려가 아니라 순수한 마음에서 비롯된 정성이기에 더욱더 가슴으로 다가왔다.

이런 세상, 이런 순수한 마음이 그들에게서 언제까지나 지속되기를 바란다.

김철중이 슬그머니 다가온 것은 시험을 일주일 앞두고 선택 교양인 화학 수업이 끝났을 때였다.

"선배님, 이거 받으십시오."

"뭐냐?"

"족보입니다."

"너희 집 족보를 왜 내게 가져와? 설마 너희 조상님 이름 외우라는 건 아니지?"

"그게 아니고요, 요게 이번 시험에 나올 예상 문제를 뽑아 놓은 것들입니다. 이것만 외우고 오시면 시험은 무난하게 치를 수 있을 거예요."

"하아, 좋은 거네."

"외우실 시간이 없으면 그냥 챙겨 오십시오. 그냥 오셔도 될 겁니다."

"그건 또 뭔 소리야?"

최강철이 비실거리며 웃은 김철중을 바라보며 의문을 나타냈다.

그가 내민 것은 노트 반 권 분량의 A4 분량이었는데 슬쩍 들춰보니 모든 과목이 총망라되어 있었다.

"조교 형님들이 시험 볼 때 선배님 곁으로 오지 않겠다고 전해달랍니다."

"그 소리는 나보고 커닝해도 눈감아주겠다는 소리구나?"

"뭐, 그런 거죠."

"특혜를 받고 사는구만."

"선배님은 그 정도 특혜는 받으셔도 됩니다. 전공뿐만 아니라 다른 과목도 아마 그렇게 해줄 겁니다. 우리 과 조교들이 다른 과목 조교들한테 부탁을 해놔서 아무도 터치하지 않을 거예요."

"철중아."

"예, 선배님."

"가서 그러지 말라고 전해. 공정한 시험을 감독해야 하는 조교들이 그런 짓 하면 되겠어? 그리고 쪽팔리게 내가 커닝을 할 것 같으냐?"

"그게 아니라……."

김철중이 머리를 긁적이며 난감한 표정을 지었다.

그런 놈의 어깨를 툭툭 쳐주며 최강철은 강의실을 나섰다.

아무리 순수한 의도라 해도 행동이 정당치 못하면 그건 이미 타락된 것이고 자존심에 상처를 입을 뿐 아니라 나중에 헛된 이야기로 부풀려져 치명적인 약점으로 작용될 수 있다.

시험 당일.

최강철이 나타나 시험이 치러지는 강의실에 들어서자 모든 학생의 시선이 한꺼번에 몰려들었다.

첫 과목은 영어 시험이었기에 가장 먼저 시험지를 제출하고 나왔다.

영어는 어느 누가 시험을 내도 풀어낼 자신이 있었다.

6년 동안 미국에서 지내며 펜실베이니아대학에서 원서로 된 경영학 원론까지 공부할 실력이었으니 기초 영어 정도는 그야말로 누워서 떡 먹기였다.

학생들은 물론이고 교수들까지 그가 어느 정도의 실력을 가졌는지 모른다.

비록 훈련 때문에 시험 공부를 하지 않았지만 수업을 충실히 듣는 것만으로도 시험을 치르기엔 충분한 실력을 지니고 있었다.

루시퍼가 준 압도적인 지능 때문이다.

한 번 본 것은 그의 머릿속에 거의 완벽하게 저장된다는 것을 그들은 몰랐다.

시험을 볼 때마다 계속 일찍 나가자 학생들이 불안한 표정을 숨기지 못했다.

조교들은 김철중의 말대로 아예 그의 근처에 접근하지 않았지만 시선이 가는 것조차 막지 못했다.

어쩔 수 없는 일이다.

관심이 가는 사람에게 시선이 가는 건 어쩔 수 없는 일이지 않는가.

재밌는 일이 발생한 것은 마지막 경영학 원론 시험을 끝내고 최강철이 자리에서 일어날 때 발생했다.

조교로 있는 같은 학번 조윤호가 그를 붙잡았던 것이다.

조윤호는 대학원에서 석사 코스를 밟고 있었는데 그와는 세 번이나 같이 밥을 먹었고 평소에도 커피를 마시며 친하게 지내던 사이였다.

"너 왜 그러냐? 제발 좀 쓰고 나가!"

"무슨 소리야?"

"뭐라도 갈기고 나가. 백지로 내지 말고. 뭐라도 대충 써야 점수를 줄 거 아니냐."

"썼어. 그것도 많이. 그러니까 잡지 마라. 나 내일 출국하려면 준비할 게 많아."

"정말… 이야?"

"네가 직접 보면 되잖아. 어쨌든 고맙다 신경 써줘서."

최강철의 그의 황당해하는 표정을 보면서 활짝 웃었다.

이런 놈하고는.

걱정하지 마, 인마. 쓸 만큼 충분히 썼으니까 네가 채점하는 데 부담이 되지 않을 거다.

최강철이 문을 나서자 지켜보고 있던 놈들 몇이 벌 떼처럼 일어나 달려 나왔다.

놈들은 최강철을 지금 놓치면 다시는 보지 못할 것처럼 뛰어나왔는데 시험은 안중에도 없는 것 같았다.

문제는 그것이 한두 놈이 아니라 거의 절반 이상이라는 것이었다.

선두에 섰던 김철중이 소리를 질렀다.

"선배님, 내일 공항으로 나가겠습니다! 저희들 오지 말라는
소리 하지 마십시오. 죽는 한이 있더라도 나갈 테니까요!"

최강철은 시험을 마치고 체육관에 들러 짐을 전부 챙긴 후
대치동으로 향했다.

마지막 날이었기에 전 가족이 모여 저녁을 먹기로 했기 때
문이다.

오늘은 구미에 있는 큰형네와 큰누나 내외만 빼고 다 모였
다.

큰형네는 저번 주에 이미 다녀갔기 때문에 굳이 먼 길을 오
겠다는 걸 최강철이 극구 말렸다.

문을 열고 들어서자 둘째 형이 환한 웃음을 지으며 그를
맞이해 주었다.

둘째 형은 커피숍의 총지배인으로 근무하면서 사람이 달라
진 것 같았다.

처음에는 일머리를 몰라 헤맸지만 점차 좋아지더니 이제 커
피숍을 전반적으로 통솔하면서 자리를 잡아가는 중이었다.

무엇보다 기분 좋은 것은 부모님의 표정이 몰라보게 밝아
졌다는 점이다.

그렇게 말렸음에도 제대를 해서 빈둥빈둥 노는 아들을 보

며 부모님은 한동안 애간장을 태우셨는데, 정시에 출근해서 밤늦도록 성실히 일하는 아들의 행동에 모든 시름이 날아간 듯한 표정을 지으셨다.

거실로 들어서자 누나들이 웃으며 다가왔다.

"강철아, 어서 와."

둘째 누나와 막내 누나의 얼굴에도 웃음꽃이 가득 피어 있었다.

결혼한 둘째 누나에게는 복학한 후 매형이 근무하는 영등포 쪽에 집을 사주었고, 막내 누나는 서초동에 꽤 큰 옷가게를 내주었다.

돈이란 필요할 때 써야 한다.

비록 가족들이 흥청망청 써댈 정도로 지원해 줄 생각은 없었지만 최소한 불행하게 살게 만들고 싶지는 않았다.

집 안은 온통 맛있는 냄새로 가득 찼다.

아버지께 인사를 드린 후 주방으로 들어가자 어머니가 불고기를 하느라 정신없이 움직이는 게 보였다.

"엄마, 이러다가 아들 시합도 못 하겠네. 이렇게 맛있는 음식들을 하면 배가 터지게 먹어서 뚱뚱해져요."

"이제 떠나면 한동안 못 올 텐데 먹고 싶은 건 실컷 먹어야 혀. 이제 거의 다 됐으니까 잠시만 기다려라."

"예."

푸근한 웃음을 지으며 어머니가 최강철의 등을 떠밀었다.

남자는 부엌에 들어오는 게 아니라는 평소의 생각을 아직도 버리지 못하신 게 분명했다.

저녁상이 차려지자 가족들이 오순도순 이야기를 나누며 정겹게 밥을 먹었다.

최강철도, 가족들도 시합에 관한 이야기는 하지 않았다.

즐거워야 할 식사 시간이 걱정과 이별의 슬픔으로 빠져드는 걸 애써 피하기 위함이었다.

아버지는 혼자서 소주를 마셨다.

둘째 형과 최강철이 번갈아 따라 드렸는데 식사 시간이 거의 끝나갈 때 소주병은 이미 절반 이상이 비워졌다.

아버지는 주량이 약하시다.

소주 한 병을 마시면 무조건 주무실 정도인데 그럼에도 아버지는 걱정스러운 일이 있을 때는 물론이고 기쁠 때, 그리고 슬플 때도 소주를 즐겨 드셨다.

"강철아, 아부지가 주는 잔 받을 거여?"

"예, 아버지."

불현듯 잔을 들어 내미는 아버지의 표정을 보면서 최강철은 지체 없이 잔을 받아 들었다.

생전 처음이다.

아버지는 고지식하셔서 지금까지 아들들에게 술을 따라준

적이 없는 분이다.

고개를 돌려 단숨에 술을 마신 후 아버지께 다시 술을 따라 드렸다.

그러자 아버지는 소주잔을 든 채 그대로 최강철을 물끄러미 바라보았다.

"강철아, 사람들이 너를 보고 대한민국이 낳은 불세출의 영웅이라고 하드라. 나는 그 소리를 들을 때마다 기쁘기도 했지만 너무 걱정돼서 웃을 수가 없었구먼. 영웅은 허울 좋은 개살구여. 나는 우리 아들이 그런 소리를 듣는 것보다 편하게 살았으면 좋겠다는 생각을 매일같이 한다. 강철아, 사람들의 말에 현혹되지 말고 그냥 최선만 다혀. 힘들고 아프면 그냥 포기해도 된단 말이여. 내 말 무슨 뜻인지 알겠지?"

"예, 아버지."

이 말을 얼마나 하고 싶으셨을까.

아마 수도 없이 고민하다가 끝내 참지 못하고 하신 말씀일 게다.

아버지의 마음이 어떠한지 안다.

하지만 아버지, 저는 영웅이 되고 싶어서 싸우는 것이 아닙니다.

제가 싸우는 이유는 이것이 제 숙명이라고 생각하기 때문입니다.

어쩌면 루시퍼의 장난에 놀아나는 것인지도 모르지만 싸우지 않으면… 이렇게라도 싸우지 않으면 다 늙은 정신으로 젊은 청춘을 살아가는 지금의 제 인생이 너무나 힘들거든요.

*　　　*　　　*

스타들은 공항에 나갈 때마다 선글라스와 모자로 위장을 하고 어떤 놈들은 마스크까지 하는 경우가 있다.

개중에는 인기가 없는 놈들도 그런 짓을 하는데, 사람들이 다가와 귀찮게 구는 것이 싫기 때문이었다.

하지만 최강철은 편안한 청바지에 간단한 티셔츠만 입은 채 아버지가 운전하는 택시를 타고 어머니와 함께 공항에 도착했다.

공항에 도착하는 순간부터 부모님의 입은 떠억 벌어진 채 다물어지지 않았다.

예전에는 공항 내만 북적거렸는데 오늘은 입구부터 수많은 젊은이가 플랜카드와 피켓을 들고 기다리는 중이었다.

택시에서 어머니를 모시고 내렸다.

아버지는 발레파킹을 굳이 마다하고 직접 주차하겠다며 고집을 부리셨기 때문에 어머니와 둘이 먼저 내릴 수밖에 없었다.

어머니의 팔을 부축한 채 차에서 내리자 기다리던 젊은이들의 입에서 환성이 터지기 시작했다.

"허리케인, 허리케인, 허리케인!"

승리를 염원하는 목소리다. 그리고 그 고함 소리에는 진심이 가득 담겨 있었다.

벌써부터 기자들은 정신없이 사진을 찍어대고 있었다.

방송국에서는 공항 밖에부터 최강철의 출국을 실황 중계하는지 카메라가 연신 그의 모습을 잡는 중이었다.

그런 그들을 향해 손을 들어주고 천천히 터미널로 들어서자 어마어마한 인파가 몰려 있는 게 보였다.

그중에는 김철중을 포함해서 경영학과의 학생들도 상당수가 포함되어 있었는데 악다구니를 쓰면서 최강철의 이름을 부르고 있었다.

정말 어이가 없는 일이다.

승리를 하고 돌아온 것도 아닌데 단지 출국하는 것만으로도 공항 전체가 마비될 정도로 들끓었다.

대한민국 스포츠 역사상 이런 환송을 받아본 사람이 있었을까.

아니다, 스포츠는 물론이고 영화배우나 가수를 통틀어도 이런 인파의 환송은 전무후무할 것이다.

최강철이 터미널로 들어서는 순간부터 경호원들이 인간 장벽을 형성하며 경호를 시작했다.

돈 킹의 짓이다.

그는 천문학적인 돈이 걸린 시합을 앞둔 최강철의 안전을 확보하기 위해 거의 20여 명의 경호원을 공항에 배치시켰다.

"엄마, 아무래도 저와 같이 있으면 불편하실 테니까 잠시 저쪽에서 성일이와 함께 계세요. 인터뷰도 해야 하고 기자들한테 사진을 찍도록 해줘야 되거든요. 성일아, 엄마 좀 모시고 있어라."

"알았어."

이미 공항에 들어와 있던 이성일이 번개처럼 달려와 어머니를 모시고 그나마 조금 한적한 곳으로 향하는 걸 확인한 최강철은 그때서야 언론들이 마련해 놓은 포토 존으로 들어섰다.

마치 무대처럼 펼쳐진 포토 존이었다.

그가 단상에 올라서서 두 팔을 번쩍 치켜 올리자 기자들의 카메라 플래시가 별빛처럼 터졌고 광장을 가득 메운 사람들의 입에서 함성이 울려 퍼졌다.

방송국에서 나온 앵커가 다가온 것은 최강철이 여러 가지 포즈를 취해주면서 실컷 사진을 찍게 만들어준 후였다.

"최강철 선수, 제가 잠시 전체 언론을 대표해서 인터뷰를 하겠습니다. 조금 더 시간을 내주실 수 있을까요?"

"아직 탑승 수속을 하려면 시간이 남았습니다. 그러니 30분 정도는 시간을 할애할 수 있을 것 같습니다."

"그럼 그 시간 내에 궁금한 것들을 물어보도록 하겠습니다. 먼저 최강철 선수, 이번 시합을 대비해서 어떤 훈련들을 해오셨습니까? 일부 언론에서는 학교 수업을 계속 받았기 때문에 걱정을 했는데요."

"저는……."

앵커의 질문은 많았다.

첫 질문을 시작으로 상대인 듀란에 대한 평가와 승리를 위한 전략이 있는지 물었다.

그동안 수도 없이 대답했던 내용이었기에 최강철은 자연스러운 태도로 앵커의 질문을 해결해 나갔다.

전혀 예상치 못했던 질문이 나온 것은 인터뷰가 거의 끝나갈 무렵이었다.

"최강철 선수, 최근 뉴욕타임지의 기자가 한 장의 사진을 게재한 적이 있습니다. 그 사진에는 최강철 선수가 마크 브릴랜드의 시합이 끝난 후 묘령의 여인과 같이 식사하는 장면이 찍혀 있었는데요. 혹시 그분이 누군지 알려줄 수 있습니까?"

슬쩍 얼굴이 굳어졌다.

그때 레스토랑에는 기자가 아무도 없었는데 누군가가 자신도 모르게 사진을 찍어 뉴욕 타임지에 알려준 모양이었다.

그것도 돈이 되었던 걸까.

유명한 할리우드 스타들의 사생활을 찍어서 돈을 버는 파파라치가 있다는 소린 들어봤지만 자신의 사진이 그런 데 쓰일 줄은 몰랐다.

하지만 최강철의 표정은 곧 풀어졌다.

"그녀는 저와 사귀는 사람입니다."

"사랑하는 사이란 말입니까?"

"그렇습니다."

"우와!"

텔레비전의 앵커가 최강철의 대답을 듣고 입을 다물지 못했다.

신문 기자 중의 하나가 끼워 넣은 질문이었기에 물었던 것뿐인데 최강철이 전혀 거리낌 없이 대답을 하자 말문이 막혀 한참 동안 멍하니 서 있다가 겨우 정신을 차렸다.

그는 경력이 13년이나 되는 베테랑 기자였기 때문에 최강철의 대답에 어떤 토도 달지 않았다.

지금은 여자 이야기로 시간을 보낼 때가 아니다.

나중에는 특종으로 다뤄져야 할 내용이겠지만 지금은 최강철의 출정식이 벌어지고 있었으니 무조건 넘겨야 했다.

"최강철 선수, 마지막으로 열렬하게 성원을 하고 있는 국민들께 한 말씀 해주시죠."

"안녕하십니까, 최강철입니다. 미국에서는 저의 별명을 허리 케인이라고 부릅니다. 저의 경기가 그만큼 화끈한 경기를 하기 때문에 붙여진 별명인 것 같습니다. 복싱 경기는 수많은 변수들이 작용하기 때문에 승부를 자신할 수 없습니다. 더군다나 이번 상대가 듀란이기 때문에 더욱 그렇습니다. 하지만 한 가지는 약속드릴 수 있습니다. 대한민국의 건아로서 부끄러운 경기는 하지 않겠다는 겁니다. 마지막 한순간까지 최선을 싸우겠다는 것을 이 자리를 빌려 약속드립니다. 감사합니다."

모든 행사를 끝내고 부모님의 앞으로 다가가 수많은 사람이 보는 앞에서 큰절을 올렸다.

왜냐고?

공항에서, 그것도 수많은 환송 인파 앞에서 굳이 큰절을 한 이유를 묻는다면 그냥 그러고 싶었다고 대답할 것이다.

나의 부모님은 지금까지 한 번도 사람들 앞에 나서는 인생을 살아보지 못하셨다.

남들에게 무시당하며 살아온 인생에서 이런 기쁨 정도 드리는 것이 손가락질 받을 일은 아니겠지.

세상은 역시 출세를 하고 볼 일이다.

사람들로 북적이는 일반 출국 심사대와 전혀 차원이 다른

VIP 전용 출국 심사대를 이용해서 출국 대기장으로 들어서자 공항 관계자가 직접 나와 편하게 쉴 수 있도록 귀빈실로 안내했다.

커다란 귀빈실에 앉은 건 최강철 일행밖에 없다.

여전히 동고동락하며 전우애를 쌓아가고 있는 윤성호와 이성일은 귀빈실을 연신 두리번거렸다.

"그만들 하시지. 남들 볼까 두렵네."

"강철아, 이건 도자기 아니냐. 엄청 비싸 보여."

"저 그림은 어떻고요. 저거 말이 막 살아서 움직이는 것 같지 않냐?"

최강철이 통방을 줬어도 둘은 전혀 부끄러워하지 않고 연신 떠들어댔다.

미국의 언론은 물론이고 국내의 언론들마다 최강철의 스태프에 대해서 의구심을 나타내고 있었다.

복싱 황금 체급인 웰터급 통합 챔피언의 스태프가 단지 두 명뿐이라는 사실과 그들의 경력이 너무 일천하다는 것이 언론의 호기심을 자극한 게 분명했다.

그들의 주장은 스태프의 충원이 필요하다는 것과 최고의 전문가를 참여시켜야 한다는 것이었으나 최강철은 언제나 단호하게 고개를 저었다.

이들만 있으면 된다.

귀빈실을 바라보며 부끄러운지도 모르고 떠드는 이들만 있으면 나는 누구와 싸워도 두렵지 않다.

길고긴 비행.

미국까지의 비행시간은 무려 13시간이 걸렸다.

남들이 부러워하는 비즈니스석을 타고 날아갔음에도 온몸이 욱신거릴 정도로 지루했다.

미국 뉴욕공항도 김포공항 못지않게 난장판이었다.

시합이 점점 다가오면서 미국은 물론이고 수많은 외신 기자까지 몰려들어 공항 터미널이 마치 시장터처럼 변해 있었다.

비슷한 행사를 치르고 경호원들의 호위를 받으며 걸어 나갈 때 사람들 사이에서 기다리고 있는 서지영과 황인혜의 모습이 보였다.

황인혜의 모습이 보이자 윤성호는 사람들의 눈을 상관하지 않고 그녀에게 달려가 뜨거운 포옹을 나눴다.

윤성호는 최강철의 시합이 확정되는 바람에 결혼 날짜까지 연기했던 터라 더욱 애달팠을 것이다.

하아, 관장님. 도대체 선수를 쳐서 그런 짓을 해놓으면 나는 어쩌란 말입니까.

윤성호와 황인혜의 모습을 어이없게 바라보던 최강철이 경호원들의 숲을 헤집고 천천히 서지영에게 다가갔다.

윤성호가 무슨 짓을 해도 전혀 반응을 보이지 않던 기자들이 벌 떼처럼 달려들으며 그를 향해 다가왔다.

최강철은 그런 기자들의 행동을 신경 쓰지 않고 서지영을 가볍게 끌어안았다.

"지영 씨, 잘 있었어?"

서지영은 울었다.

공항에서 울었고, 같이 차를 타고 오는 내내 시선을 떼지 못하며 그에 대한 그리움을 숨기지 못했다.

그녀의 사랑을 보는 순간 인간의 냄새가 칼로 찌르듯이 가슴속으로 들어왔다.

루시퍼야, 루시퍼야.

도대체 너는 나에게 무슨 짓을 한 것이냐.

강철 같은 심장을 달라고 했다.

그런 심장을 가지고 있으면 어떤 상황에서도, 어떤 강력한 힘을 가진 인간에게도 두려움을 느끼지 않고 당당하게 살아갈 수 있을 것이라 생각했다.

과거의 기억을 달라고 했던 것은 다시 살게 되었을 때 미래에 대한 지식으로 누구 못지않게 잘 살 수 있을 것이라 판단했기 때문이었지 불행했던 과거를 잊지 않고 증오심에 사로잡혀 살기를 원했던 것은 아니었다.

시간이 흘렀어도 어찌 여자에 대한 증오심을 완벽하게 떨쳐 버릴 수 있을까.

지금도 눈을 감으면 사랑했던 아내가 늙은 남자의 품에 안겨 가랑이를 벌리던 것이 생생하게 기억난다.

그녀 역시 한때 자신을 사랑한다면서 눈물을 보였던 여자였다.

아내의 신음 소리를 들으며 귀를 틀어막고 몸부림을 치면서 괴로워했다.

누군가 잔인했던 과거는 시간 속에서 잊을 수 있다고 했으나 문득문득 떠오르는 그때의 기억은 아직도 그를 괴롭혔다.

서지영을 지금까지 안지 못한 것도 어쩌면 그런 것들이 원인이었을 것이다.

그녀가 기다리고 있다는 것을 알면서도 결정적인 순간이 되면 몸을 사리며 자리를 피했다.

그녀를 괴롭힐 생각도, 몸이 달게 만들어 자신의 노예로 삼기 위함이 아니었다.

어쩌면 그것은 고통이었고 눈물이었으며 그만의 사랑이었는지 모른다.

미팅에서 만난 성은정의 알몸을 보면서 이를 악물었다.

아내도 그녀처럼 요염하게 웃으며 그 늙은 놈에게 걸어갔었다.

섹스를 하면서 즐거움을 느낄 수 없었다.

사랑이란 감정 없이 조건과 만족을 위해 몸을 던지는 여자들의 태도가 가증스러워 결국 사정조차 하지 않은 채 문을 박차고 나왔다.

정의롭지 못한 행동이었다는 걸 안다.

사랑 없는 섹스가 얼마나 즐거운 일인지 확인하고 싶었지만 그건 동물들의 교미에 지나지 않는 것이었다.

나쁜 남자로 살아갈 수 있을 것이라 생각했다.

아름다운 여인이 자신을 원한다면 언제든지 사랑 대신 섹스를 하면서 쾌락에 젖어 즐거운 삶을 살아갈 수 있을 것이라 생각했다.

하지만 섹스를 하면서 떠오른 것은 오직 두 가지뿐이었다.

쾌락에 들떠 신음을 지르던 아내의 모습과 사랑스러운 눈으로 자신을 바라보던 서지영의 웃음이었다.

그 두 가지 생각은 섹스를 하는 동안 그를 끝까지 괴롭히며 온전한 즐거움을 갖지 못하도록 만들었다.

"강철 씨, 이제 레드불스로 들어가면 또 못 보는 거지?"

"아니, 보고 싶은 땐 언제든지 와도 돼."

"싫어. 난 강철 씨한테 방해가 되는 여자가 되고 싶지 않아."

"보고 싶었다며 눈물까지 흘리던 사람은 어디 간 거야. 괜찮아, 내가 가지는 못하겠지만 오면 언제나 반겨줄게."

"그래도 될까?"

"그럼."

서지영이 수줍게 웃자 최강철이 그녀의 손을 끌어당겼다.

조금만 더 기다려 줘.

내가 아직 준비가 덜 되었어.

너의 눈물, 너의 사랑.

그것이 내 속에 들어 있는 증오심을 완벽하게 지우게 되었을 때 너를 받아들일게.

아마 오랜 시간은 걸리지 않을 거야. 그러니 지영아, 조금만 더 기다려 줘.

눈으로 그렇게 말했다.

서지영은 바보처럼 부드럽게 바라보는 그의 시선을 받아들이며 여전히 사랑이 듬뿍 담긴 표정을 만들고 있었다.

미안하다, 지영아.

레드불스로 돌아오자 관장인 피터를 비롯해서 수많은 선수가 최강철 일행을 반갑게 맞아주었다.

불과 5개월밖에 떨어져 있지 않았지만 그들은 마치 5년 정도 떨어져 있었던 것처럼 반가움을 숨기지 못했다.

확실히 레드불스에 소속되어 있는 선수들은 다르다.

더 럼블 측에서 장래가 촉망되는 유망주들만 선발했기 때문인지 스파링을 해줄 선수들이 넘쳐났다.

윤성호가 한국에서 연 성호체육관이 초등학교 수준이라면 레드불스는 전문가 집단이라 해도 틀린 말이 아닐 정도다.

그럼에도 최강철과 스파링이 시작되면 모든 선수가 3라운드를 견뎌내지 못했다.

웰터급과 미들급까지 20여 명의 선수가 번갈아가며 링으로 올라왔으나 전부 녹초가 되어 링을 내려갔다.

피터는 선수들에게 듀란의 복싱 스타일처럼 불도저같이 공격하라는 주문을 했으나 그 누구도 최강철을 괴롭히지 못했다.

최강철의 경기 스타일은 카멜레온처럼 변화되며 스파링 파트너들을 곤죽으로 만들었다.

인파이팅과 아웃복싱을 가리지 않았고 어떤 때는 사우스포의 자세를 취하기도 했다.

국내에서 체력 강화 훈련을 계속해 왔기 때문에 최강철은 레드불스로 온 이후부터는 본격적으로 자신들의 주 무기들을 점검했다.

그가 스파링에서 여러 가지를 시험하고 있는 것은 윤성호와 이성일의 주문 때문이었다.

제프 카터가 날아온 것은 그들이 미국에 도착한 지 일주일이 지났을 때였다.

돈 킹의 지시로 인해 부랴부랴 날아왔는데 그는 이미 이성일과 통화를 했는지 오자마자 수립된 전략을 확인했다.

이성일의 노트는 손때가 때문에 반질반질 윤이 났다.

시합이 확정된 후 이성일은 톰슨이 가져온 테이프 외에 10개의 테이프를 더 공수받아 듀란의 경기 스타일을 샅샅이 훑었다.

자신의 몸처럼 가지고 다니며 생각이 날 때마다 계속 적었기 때문에 노트에는 듀란에 관한 모든 것이 적혀 있었다.

회의장에 최강철을 포함해서 스태프들이 전부 모인 건 훈련을 마치고 저녁을 먹은 다음이었다.

브리핑을 한 것은 제프 카터였다.

"강철, 먼저 듀란의 스텝을 봐줘."

제프 카터가 쿠에바스와 대니 무어전에서 상대를 KO시켰던 장면과 레너드를 꺾었던 경기 영상을 연속으로 돌렸다.

그는 비디오테이프를 빠르게 돌려가며 중요한 장면을 보여주었는데 주로 스텝에 관한 것이었다.

"어떤 것 같나?"

"압박 스텝이군요. 자신의 펀치 거리에 상대를 가두는 능력이 탁월합니다."

"역시 허리케인답군. 정확하네. 듀란의 펀치 거리에 잡힌 상대는 아무도 살아남지 못했어. 이것이 바로 듀란의 전매특허일세. 펀치 거리에 잡히는 순간 그는 난타전으로 상대를 때려잡지. 레너드처럼 정교하지 않지만 동물적인 감각과 핸드 오브 스톤이라 불릴 만큼 강력한 펀치를 가졌어."

"그렇군요."

"그럼 이번에는 이 영상들을 보게나."

제프 카터가 이번에는 다른 영상들을 틀었다.

레너드와의 2, 3차전과 헌즈, 그리고 베니테스와의 비디오테이프였다.

방법은 동일.

제프 카터는 중요한 순간마다 리모컨을 스톱시켰는데 이번 경기들은 전부 듀란이 패배한 것들이었다.

"자, 이번에는 어떤 것들이 보였나?"

"거립니다. 상대들이 전부 듀란의 압박을 벗어났군요. 하지만 그런데도 완벽한 승리를 하지 못했어요. 더군다나 지금 경기들은 듀란의 컨디션이 엉망으로 보입니다."

"휴우, 자네는 정말……."

제프 카터가 최강철의 말을 듣고 한숨을 길게 흘려냈다.

매의 눈을 가졌다.

아직 많은 것이 남았지만 중요한 것들을 단숨에 꿰뚫어 보는 최강철의 능력은 먹이를 날카로운 시선으로 바라보는 맹수를 연상시켰다.

"자네 말대로 상대들은 전부 듀란의 압박 스텝을 뿌리치고 싸웠어. 바로 이것이 그동안 수많은 전문가들이 찾아낸 전술이었지. 하지만 그들이 간과한 게 있네. 바로 듀란의 컨디션이야. 그는 92전을 치르면서 단 8번만 졌어. 상대는 명성이 자자했던 선수들일세. 그들을 키워낸 유능한 트레이너들이 그 전략을 과연 몰랐을까? 나는 알면서도 당했다고 생각하네."

"그래서요?"

"성일이 꽤나 재밌는 전략을 마련해 놨더군. 당연히 들었겠지?"

"그렇습니다. 제프는 재밌다고 했지만 말도 안 되는 전략이죠."

"푸하하… 난 그게 마음에 들어. 그리고 지금으로서는 가장 효율적인 전략이라고 생각하네."

"왜죠?"

"듀란이 마지막 불꽃을 태우고 있어. 그들 역시 자네의 경기 스타일을 꼼꼼하게 챙겨보며 전략을 마련하고 있을 걸세. 듀란에게는 레이 아르셀이라는 무시무시한 조련사가 있다네. 들어봤겠지?"

"그럼요. 맹수들만 키워냈다면서요."

"무려 20여 명의 세계 챔피언을 키워낸 사람이지. 그는 복싱에 관한 한 베스트 중의 베스트야. 나는 듀란보다 그 사람이 더 무섭다네."

*　　　　*　　　　*

듀란은 땀으로 가득 찬 몸을 씻어내고 샤워장을 빠져나왔다.

그러고는 옷을 갈아입은 채 외출 준비를 했다.

코치인 레이 아르셀이 체육관으로 들어온 것은 그가 외출 준비를 모두 마치고 밖으로 나가려 할 때였다.

레이 아르셀의 표정이 굳어졌다.

듀란의 차림새가 마음에 들지 않았기 때문이다.

때 빼고 광냈다.

머리는 무스를 발랐던지 빳빳하게 세워졌고 얼굴은 스킨을 얼마나 처발랐는지 냄새가 진동할 정도였다.

"로베르토, 어딜 가는 거지?"

"샤칼로니가 보자고 해서요."

"그 자식이 왜?"

"오랜만에 얼굴을 보고 싶답니다. 맥주 한잔하자더군요."

"또 옛날 병이 도진 건 아니겠지?"

"그럴 리가 있겠습니까. 오랜만에 찾아온 친구라 얼굴만 보고 올 생각입니다."

"네 차림새를 봐라. 날 보고 그걸 믿으라는 거냐?"

"잠시 나갔다 올 뿐입니다. 그동안 그렇게 보고도 저를 모릅니까?"

"모른다. 너는 워낙 럭비공 같은 놈이라 믿고 싶어도 믿을 수가 없어!"

레이 아르셀이 소리를 버럭 지르며 인상을 썼다.

그가 듀란을 만난 건 벌써 18년 전이었다.

흙 속에 묻힌 진주.

단박에 듀란의 재능을 알아보고 조련을 한 후 불과 1년 반 만에 켄 부케넌을 KO로 잠재우며 라이트급 세계 챔피언 자리에 올려놨다.

그동안 개차반으로 살아왔기 때문에 거칠고 위험한 성격을 가지고 있었지만 그를 만나 정신을 차린 후 승승장구를 이어왔다.

다른 사람의 말은 듣지 않지만 코치인 레이 아르셀은 아버지 같은 사람이었기 때문에 화를 내도 순한 양처럼 받아들였다.

그럼에도 그는 레이 아르셀의 만류를 단칼에 베어버렸다.

"레이, 오랜만에 찾아온 놈입니다. 금방 다녀올 테니 걱정하지 마세요."

밥 애런의 주 무대인 라스베이거스는 환락의 도시로 어디를 가든 도박장과 술집이 널려 있는 곳이었다.

듀란은 술과 여자를 좋아해서 시합이 없을 때는 라스베이거스에서 지내며 시간을 보냈다.

사람을 좋아해서 수시로 어울렸는데 듀란은 사람들이 그를 알아보며 권투 이야기로 접근하면 상대가 누구라도 같이 술을 마셨다.

그의 스타 기질은 대단해서 텔레비전 프로그램에도 여러 번 나왔을 정도로 카메라에 노출되는 것을 전혀 꺼려 하지 않았다.

최강철과의 시합을 앞두고 훈련 장면을 모조리 공개한 것은 그의 이런 스타 기질 때문이었다.

파라다이스호텔에 바로 들어서서 알은척을 하는 사람들에게 손을 흔들어주며 곧장 쟈칼로니가 기다리는 룸으로 향했다.

쟈칼로니.

파나마 빈민가에서 같이 자란 형제 같은 친구였다.

어렸을 때의 그는 밥도 제대로 먹지 못할 정도로 가난했다.

복싱을 시작한 것도 아버지가 집을 나가는 바람에 어머니와 동생들을 건사하기 위해서였는데 그때 그의 나이는 16살이었다.

쟈칼로니는 수시로 돈을 빌려달라고 했으나 한 번도 그의 부탁을 거절한 적이 없었다.

같이 밥을 굶으며 자라온 사이였다.

그런 놈에게 돈이란 것은 아무 의미가 없는 것이라 생각했다.

"어이, 로베르토. 어서 와."

그가 룸으로 들어서자 늘씬한 미녀들과 같이 있던 쟈칼로니가 환하게 웃으며 그를 맞이했다.

이놈.

참 세상 편하게 산다.

쟈칼로니가 그에게 가져간 돈이 지금까지 100만 달러가 넘었으나 한 번도 갚지 않았는데 이런 짓을 하면서 살기 때문이다.

놈은 자신이 헌즈에게 패배한 후 아무런 소식도 없다가 갑자기 전화를 해서 만나자고 했는데 돈이 필요하기 때문일 것이다.

그럼에도 두말없이 보고 싶었다는 말부터 꺼냈다.

정말, 보고 싶었다.

저 허연 얼굴과 능글맞은 미소를 말이다.

"내가 자네를 위해 미녀들을 준비했어. 뭐 해, 세계를 주름잡는 복싱 영웅 전설의 하드 펀처 듀란이라고. 내 친구 듀란이란 말이야."

"듀란, 반가워요. 온다는 말을 듣고 엄청 기다렸어요. 이쪽
으로 앉아요."

놈의 좌우에 있던 미녀들이 자리에서 일어나며 듀란을 잡
아끌었다.

희미한 미소를 지으며 그녀들이 이끄는 대로 자리에 앉자
데킬라를 따라주었다.

데킬라는 그와 쟈칼로니가 가장 좋아하는 술이었다.

술을 따르는 걸 말리지는 않았지만 마시지도 않았다.

"쟈칼로니, 어디서 뭐 하고 있던 거냐. 밥은 먹고 다녔어?"

"아, 그게 사업이 바빠서 연락을 하지 못했어. 신문에서 봤
다. 허리케인하고 시합한다며? 돈을 무척 많이 받는다고 나오
던데 잘됐다, 잘됐어. 그런데 왜 술을 안 마시지?"

"난 술을 마시러 온 게 아니라 너를 보러 온 거다. 네가 다
른 데 돌아다니면서 얼마나 사고를 쳤는지 확인하러 온 거야."

"그게 무슨 소리야. 나는 잘 살고 있지. 내가 어떤 사람인데
그런 소릴 해, 미녀들 앞에서."

"그럼 저쪽에서 이 방을 보던 놈들은 뭐냐. 너를 따라온 놈
들 아니야?"

"그게……."

"얼마냐? 네가 저 자식들한테 빌린 돈이 얼마야!"

"…5만 달러… 로베르토, 미안하다."

"받아라. 가방에 10만 달러 들어 있다. 이 돈 가지고 가서 해결해. 그리고 시합 끝나면 다시 보자. 이 자식아, 보고 싶었다. 다시는 돈 때문에 나를 떠나는 병신 같은 짓 더 이상 하지 마. 알았어?"

『기적의 환생』 7권에 계속…